JN072696

# 十三人の詩徒

神泉　薫

# 目次

# 鳳小舟の舳先から見えるもの――与謝野晶子

今、ことばは、どこへ向かおうとしているのか。いつの時代にも、転換期と呼ばれる事象が、私たちの生へと揺さぶりをかける時、必ずや唇に上ってくる問いかけだ。そして、明確な答えは、いつも見えない。私たちは、問うことの自由にたゆたいながら、時代の波打ち際で仄見える光を、ことばを探り続けるだけだ。

肉体の生は有限である。古代から変わりようのない現実を見つめながら、詩の力、永遠性について思いを巡らせる。二〇一一年三月十一日、東日本大震災という大きな亀裂がこの国を襲った。止まらぬ原子炉の怪しげな熱の行方に、どこか呆けたまなざしを送る私たちの前に立ちはだかるのは、高度経済成長がもたらした、富と貧しさ。ざわざわと鳴り止まない人々の声が、薄暗い列島を覆う日々の中で、「人間たちの歴史は同じひとつの語彙の同義語の長い連続である。」(ルネ・シャール著・西永良成編訳『ルネ・シャールの言葉』)ということばの前に立ち止まる。歴史をひもとけば、必ずや直面する人間の限界。向き合う人々の血と涙の痕跡。未来への指針は、過去の経験の蓄積から見出されるであろう。今ここから、走り出すためのペンに力と光を与えてくれるフレーズは何か。一枚一枚めくる頁の中に、鳳小舟という筆名で、ことばを世界へと送り出した人の、膨大なことばの上に立つ、たくましい生の実感に、目をみはる。

今、焔は一揺れし、
世界に降らす金粉。
不死鳥の羽羽たきだ。
太陽が現れる。

大いなる自然への讃歌は、現代の私たちには眩しすぎるほどの輝きだ。しかしながら、個を超えた自然の懐に抱かれてあることの実感を忘れかけている私たちに、太陽の不死の光は、警告と言う名の、浴びねばならない光である。この作品「太陽出現」を書いたその人は、与謝野晶子（一八七八〜一九四二）。彼女の生の時間は、明治、大正、昭和と、三つの時代にまたがり、新しい文明が開かれてゆく眩しい高揚を見つめ、日清戦争、日露戦争、第一次世界大戦、いくつもの戦の闇の狭間で揺れ動いた。そして、関東大震災という、私たちにリアリティを持って迫ってくる事象に立ち会い、（源氏物語の訳稿を焼失）その痛みを超えて、作品たちは書き残された。

変幻する時代に生み出される、あらゆるイズムやイデオロギー。ことばは、その都度、さまざまな色に染められ、「今」という時を彩るだろう。だが、置かれた時代の熱が冷めゆくと共にその役割を終え、消え去るものも多い。イズムやイデオロギーを超えて、時間に淘汰されない本質と普遍性を持つことばのみが、来るべき時代へ架けられる橋として、私たちへと届けられる。

晶子の代表作と言われる作品「山の動く日」。女性解放運動の出発点としてあげられる雑誌「青鞜」創刊号の巻頭に載せられた詩は、まさに時代の産物、瑞々しい運動体の持つうねりと力強さにあふれている。

山の動く日きたる、
かく云(い)へど、人これを信ぜじ。
山はしばらく眠りしのみ、
その昔、彼等(かれら)みな火に燃えて動きしを。
されど、そは信ぜずともよし、
人よ、ああ、唯(た)だこれを信ぜよ、
すべて眠りし女、
今ぞ目覚(めざ)めて動くなる。

自由と解放を目指して立ち上がろうとする女たちの生々しい声が聞こえてくる。と同時に、今、この「女」ということばを、現在の混迷期を打破する、新しい視点を携えた「人類」と置き換えてみたらどうだろう。地球の行方に目を塞いだままの私たちを、さらなる覚醒へと導く予言的な作品に読み替えられはしまいか。詩が時代を先取る役割を担うなら、古い価値観、人間観、世界観からの脱却を示唆する一篇として、（誤読を恐れずに言えば）時代の限界を超えて、再読の価値があるのではないか。

生活の理想を「世界の人類全体が愛、理性、平等、自由、労働、享楽、進歩、これらの中に生活することである」（『激動の中を行く』）と目も眩むような主義主張を声高に掲げ、当時の政治状況、婦人、社会、教育問題への鋭い考察を重ねながらも、腕にたくさんの子を抱えながら描いた晶子の詩世界は、「本質的に本能から発する光の世界」（新井豊美『近代女性詩を読む』）に満ちている。体験に根付いたことばは、極めて現実的でありながら、時に神々しい。また、喧噪にあふれた日常性とは裏腹の、密やかな寂寥感も垣間見える。

宇宙から生(うま)れて
宇宙のなかにゐる私(わたし)が、
どうしてか、
その宇宙から離れてゐる。

だから、私は寂しい、
あなたと居ても寂しい。

（「宇宙と私」）

結婚から、幾度もの出産を重ね、子らの声が響き合う忙しない中、多くの執筆作業に日々を費やしながら、乳を赤ん坊に与え終えたであろう、次の瞬間、ふいに存在の孤独という深淵に落ち込む。生身の命に常に向き合い続けたからこその実感ではないだろうか。広大無辺な宇宙にひとり、ぽつんと置かれた魂の、寄る辺ない寂しさ。筆に注がれる、人間存在の不変の真実が緩やかな抒情性をもって訴えかけてくる。

「求めるところは、ただむき出しの魂、ただ魂の端的の表現、生命の純粋の声。」（『激動の中を行く』）と叫ぶ、晶子の着物の裾は、いつも大地の土にまみれつつ、創造世界への飛翔の翼としてひるがえり続けた。送られる風の鮮烈な響きは、今も決して古びてはいない。

堺という町から船出した、鳳小舟と名乗った小さな舟は、未知の大海へと泳ぎ出し、予期せぬ荒波を漕ぎ進み、豊饒な詩作品を陸へと上げた。世界という名の海は、様々な顔を見せながら、自ら耕す生の尊厳への可能性を晶子に見せ、また、残された作品を読む者たちへも、開示してくれる。海という存在は、常に与える側にある。私たちがその恩恵を忘れることがなければ――。

「そろそろこっちに返してくれ、と海に言われたような気がする」（赤坂憲雄編『鎮魂と再生東日本大震災・東北からの声100』)と、気仙沼市で津波の被害に遭った被災者の声が、晶子の詩作品の波の狭間から聞こえてくる。海へ返すこと。そう、ことばも今、原初のカオスへと、始原の海へと返さなければならないのではないか。めまぐるしい情報社会を錯綜することばは、多くの欲望の罠に魅せられた人間たちに使われ、疲弊し、弱まり、命の危機を迎えているのではないか。

……海も大地も呼吸をしている。そこにいるものたちは、植物、動物、生きているものは千草百草(ちぐさももぐさ)、全部呼吸をしている。その呼吸を人間の力でできなくさせている。人間しかいたしませんもの。そんなこと。

(石牟礼道子・藤原新也『なみだふるはな』)

ことばもまた、呼吸している、生きている。ことばは常に時代を背負い、歴史と文明を刺し貫いて、人間と共に歩んできた。そして、人間の背後には、常に不可欠な自然が在る。石牟礼の言うように、海や大地の呼吸を止めているのが人間であるとするならば、私たちは、ことばの呼吸をも知らぬ間に奪い去ってはいないだろうか。自然を通して届けられるであろう、目に見えぬ詩神からのことばを受け取る魂の器を、見失ってはいないか。晶子の詩のことばの肉感的な重みと情感は、鋭い五感に開かれた、強靭な肉体と感性があったからこそ生まれ、骨太なリアリティを携え、私たちの生の核を揺さぶるのだ。

歌はどうして作る。
じっと観(み)、
じっと愛し、
じっと抱(だ)きしめて作る。
何を。
「真実(しんじつ)」を。

(「歌はどうして作る」)

日本と言う海に囲まれた島。豊かな自然に宿る八百万の神々に見守られてあることの、あたりまえの記憶から遠い場所に、現在という時間は浮遊しているように思える。世界と人間、人間とことばとの関係性が、どこまでも見えにくい中、高い波が攫ったものは、多くの命ばかりではない。積み重ねられ、「真実」と思われてきた多くの営みが、海の果てへと消えた。じっと抱きしめる「真実」は、一体どこにあるのか。再生への舵を取る、私たちの生きる意志の前にか、切り拓かれる眩しい余白の中にか、それとも、沈黙を余儀なくされた、あの謎めいた海の闇から届く、夥しい死者たちの、声ならぬ声の裡にか。私たちは耳を澄まして、聞きとらなければならない。そして、見つめなければならない。
「真実は何処に在る。／最も近くに在る。／いつも自分と一所に、／この目の観る下、／この心の愛する前、／わが両手の中に。」（同）。今ここに在る、足下の大地を見つめ直し、原初へ向かうことは、退行では決してなく、未知の進化への揺るぎない一歩である。果たして、山の動く日は来るであろうか？　手にすべき可能性は、いつも刻まれたことばの中に潜んで、初々しくも静かに輝く――。

頼めるは、微なれども
唯だ一つ内なる光。

（「恋」）

人類の時間、ことば、金色のウィスキーに酔う——田村隆一詩は、何からできているか？　それは、言うまでもなく、ことば。もっとも人間的な響きであろう、ことば、から。しかも、その響きの奥底には、光と闇を携えた広大な沈黙が横たわっている。表出されることばの水面下には、時代のうねり、あらゆる生命たちの呼吸、喜びと哀しみとがひしめき合い、過去、現在、未来という時間軸から解放されようと希求する、ことばたちの意志がある。詩人は媒体である。彼らことばたちの、声なき声を掬い上げるペンである。机上に散逸するフレーズの断片には、見えぬ血痕が、とうめいな光を放ち、読み手の心へと語りかける。今、ここに在ることの意味を読み解く確かな手綱となるように。

言葉は人間をつくってはくれない
言葉が崩壊すれば人間は灰になるだけだ
その灰を掻きあつめる情報化社会の奴隷たちに
五分前！

（「ぼくの聖灰水曜日」）

性急に真摯に、現代社会への苛立ちを露わにする、田村隆一（一九二三～一九九八）の詩をひもとく時、有限の肉体を抱えた人間から迸る声は、時間への強迫ともいうべき、日付、数字、季節を表すことばの多さに気付く。「四千の日と夜」、「1999」、「十三秒間隔の光り」、「九月一日」、「秋」、「一九四〇年代・夏」、そして「五分前！」。生と向き合うことは、時間と向き合うこと、置かれた時代の空気を存分に吸って、田村は、金色のウィスキーの香り漂う豊饒なことばの地図を描いた。だが、「あなた、地球はザラザラしている！」（「再会」）、「世界は正午に入る」（「正午」）という呟きが、鮮やかに世界感受の真髄をついていた時代から遠く離れて、私たちの目前にある世界は、ザラザラとも、つるつるとも形容できない、確固とした世界像がどこまでもつかめないまま、肥大化、多様化が進んで久しい。世界の時間、人類の時間は、正午から午後へ、夕闇から深夜へと移り変わっているかもしれない。しかしながら、詩が人間の時間を流れ、ことばが人間と共に歩み続ける存在である限り、ことばは、時代の最も繊細な真実を証すだろう。田村の詩意識を振り返り、再確認すること。「幻を見る人」の鋭い目は、ことばの新たな光を呼び覚まして、この不安な列島を支えるだろう。

半世紀の間に、二つの大戦を経験しなければならなかったわれわれの文明が、この地上でもっとも破壊したものはなんでしょうか。無数の人間、おびただしい物量、そして多くの都市と寺院、……それにもかかわらずあなたが詩人なら、それは言葉と想像力だときっと答えてくれるでしょう。……

（「地図のない旅」）

田村が見ることのなかった二十一世紀には、二つの日付が今なお、その暗い炎を燃やし続けている。９・11と３・11。「われら「時」のなかにいて／時間から遁れられない物質」（「腐敗性物質」）である私たちは、田村のことばの明晰な現在性に立ち止まる。堆積してゆく歴史に刻まれる大きな傷。人間の生に立ちはだかる課題は、経巡り、繰り返され、永遠に終わらない。失われた言葉と想像力とを回復する手立ては何か。灰煙る日々を超えて産み出された田村の詩的宇宙の中に、糸口は隠されているだろうか。

田村の詩の流れを現すもっとも大きなキーワードは、「垂直から水平へ」。言語の高度な抽象性を柱として、戦後社会に生きる人間たちのざわめきと体温とを母胎として生まれた、数々の切り立つ言葉の断崖たちは、詩にしか成し遂げることのできない、人と文明と現在とをつなぐ、忘却へ抗う確かな記憶として屹立する。

言葉のない世界は真昼の球体だ

## おれは垂直的人間

（「言葉のない世界」）

内向きに閉ざされることのない詩のことばには、世界を真摯に見つめる批評性がみなぎる。手垢のついたことばで詩を私有化しない一人の詩人がそこにいる。詩人は、共同体が持つ歴史と記憶とを、もっとも鮮やかに指し示す存在ではなかろうか。時代の漂流物あふれる空の下、生きることの虚実へと「燃えろ」と叫ぶ田村の声は、揺るぎない普遍性を持って今へと届く。

夥しいことばの破壊と死、その上に柔らかく復活する新しいことば。冬を越えて芽吹く植物のように、水平へ傾くことばの営みは、人々の暮らしの内部へ食指を伸ばし、電車の音響く日常へ降り立ち、テクノロジーに支配された「街」ではない、体温の滲む「町」の匂い、色鮮やかな人間の歩みを掬い上げ、移ろいゆく自然に瞳を凝らす。大地の水平性と垂直に交じり合う存在、一本の木を見つめる時、豊かな想像力が、詩人の胸へ泉のように溢れ出す。

ぼくらの目には見えない深いところに
生の源泉があって
根は無数にわかれ原色にきらめく暗黒の世界から
乳白色の地下水をたえまなく吸いあげ

その大きな手で透明な樹液を養い
空と地を二等分に分割し
太陽と星と鳥と風を支配する大きな木
その木のことで
ぼくはきみと話がしたいのだ

（「きみと話がしたいのだ」）

穏やかに語りかけることばには、「言葉なんかおぼえるんじゃなかった」（「帰途」）と、世界を否定する硬さは消え、柔らかな肯定へと軸を移す成熟がある。ことばの抽象性から具象性へと大きく振れる飛翔がある。自在にことばの振り子を揺らして、「われわれ」から「ぼく」へ、世代を背負った重みから、ことばを解き放ち、「きみ」という他者へと己を開き、ただ独り個として、より研ぎ澄まされた行を置く。それは、共有という名の白い希望のようだ。

白という色を産みだすために
ただそれだけのために
ぼくは詩を書く

一行の余白
その白
その断崖を飛びこえられるか

白

（「二月　白」）

時代を父、ことばを母として生まれる子ども、詩人は、赤ん坊の時代は、母なる母胎と分かちがたく、言語美の裡に留まり、やがて荒波うねる社会へと母なることばを舵として船出してゆく青年である。垂直に立ち上がり、水平に寝そべる、生から死へ、肉体の自然な動きそのままに息づく。そして、ことばから生まれたものは、やがてことばへと帰ってゆく。安らかな慈愛と生の喜びを白紙に残して、もうひとつの沈黙へと帰ってゆくのだ。

幅広く、奥深いことばの源泉と鉱脈とを開拓し続けた田村の存在は、どこをどう切り取っても、まるごと詩人だ。書き残されたことばの力は、時間の鑢にかけられても決して緩むことがない。魂の燃焼の姿が確かに残されているが灰にならない。まっさらな、噛み砕けないことばの白い骨が残る。

そうだ　疑いの余地はない　私の骨格は
時には言葉でできていた
雨風にさらされた骨の硬さを持つ言葉で

（パブロ・ネルーダ著・吉田加南子訳／竹久野生版画『二〇〇〇年　DAS　MIL』）

世界の手触りに、今、骨のような核があるだろうか。人間精神の根底を支える核は、霧深い闇の向こうへ、ぼんやりと霞むばかりだ。しかし、ことばの切り口ほど、鋭い武器はない。唯一無二の一行に、一篇の詩が支えられるように、「一瞬のめまいが／きみの全生涯の軸になる」（「おそらく偉大な詩は」）。一篇の詩が、一人の人間を支える軸となることを、田村の詩は教えてくれる。

人間とは複雑で多様で矛盾に満ちています。作家とはその人間のもっとも素晴らしい洞察者です。……文学は想像力を豊かにし、批判的精神を養います。……文学は、批判精神を持ち逆境に立ち向かう人々の一助になるべきなのです。

（共同通信社取材班編『世界が日本のことを考えている 3.11後の文明を問う――17賢人の

メッセージ』より、マリオ・バルガス・リョサ「絶望に響く言葉の力」)

もし、明日、目覚めた瞬間、ことばのない世界が広がっていたとしたら、私たち人間は、一体どうやって他者と繋がり合うことができるだろう。心が呼吸できない只ならぬ恐怖に人の営みは一瞬にして歩みを止めてしまうだろう。人間という生命体を、人間足らしめているものは、ことばだ。一切の無駄なく潔く立つ田村の詩は、ヒトという種に授けられた、ことばの原初的な在り方を見つめる機会を与えてくれる。ことばと想像力の回復の鍵は、ここにあるのではないだろうか。詩は、肉体を飾るだけのファッションではない。私たちは、鳥の目を持つ洞察者、田村のことばを受け継いで、酩酊を超えた、覚醒への架け橋を渡す詩を作り始めねばならない。肉体の芯に触れ、魂を揺さぶり、官能的な唇を開かせる、一条の光を持つ詩、その一行を。

田村の死と共に二十世紀は終わりを告げた。だが、どこまでも続く白いページ、その未知の荒野に、田村の詩の一行一行は、不動の標と化して立ち続ける。私たちは、永久に割れない意味を反芻しながら、次の「詩」を探り続けるしかない。人類の深夜が、いつか明ける日を夢見ながら。

おはよう
元気?

(「ぼくは夢を見なくなった」)

## 「わて」の詩(うた)——永瀬清子

若い女（もん）のうれしげにわらう自由の声
おおせめて　わてを驚かす花の一枝を下され

（「小さい水車のように―老いたる人のうた」）

「私」とは誰か。今ここに、心と肉体を持つ「わたくし」とは、一体何者か。名指す自らの指はいつも心もとない。存在という不条理な観念に抗うように、人はもっともわかりやすい要素で自らを定義づける。国家や社会、生まれた時代、家族内における様々な立場や役割、性別や年齢などをもって。けれど、外側から与えられる器は、揺れ惑う幻だ。壊れやすい器から、どうしても零れ落ちてしまう自分こそが、真の「私」ではないだろうか。ボルヘスは言う。「人間の一生は何千何万という瞬間、そして日々から成り立っているけれども、これらの尨大な瞬間は、これらの莫大な日々は、ただの一瞬に、すなわち自分が何者であるかを人間が悟る一瞬に、人間が自分自身と向き合った一瞬に、つづめ得るのではないか」（J・L・ボルヘス著・鼓直訳『詩という仕事について』）と。

詩人、永瀬清子（一九〇六～一九九五）は、ことばを武器に、生涯「わて」の詩を求め続けた。詩のことばは、その魂の飢餓を潤し、生の本質を求めてやまない心を導き、励ました。発火する「透明な菫色の気体」（「その家を好きだった」）、ポエジーを追う日々は、頑固なまでに強い意志と生の原初を見つめる鋭いまなざしに満ちている。

岡山県に生まれた永瀬は、明治、大正、昭和、平成と四つの時代を生き抜いた。大戦を挟んで、大きく国が揺れ惑い、価値観の揺さぶりを肌で感じながら、「女」という言葉が、「妻」、「母」、「嫁」にどっぷりと塗り替えられる、封建制度に縛られていた時代、彼女が書く「私」の中には、「どっさりとゆたかな女が含まれている」（宮本百合子）と、自由と解放への糸口を担う書き手として登場した。だが永瀬にとって、時の流行は、流れ去る雲を見るように遠く、シュールレアリズムやモダニズムなどの新しい芸術思潮には馴染まず、一貫して己の信じる自然性、大地性を土台として詩を紡いだ。「川底の石のようにそれらが頭上を流れ去るにまかせ」ていた（藤原菜穂子『永瀬清子とともに『星座の娘』から『あけがたにくる人よ』まで』）とする態度は、一見に値する。安易に時流に流されず、自分の資質に忠実であることは、ことばへの謙虚な姿勢を育む。永瀬の六十年以上にわたる詩の山坂を見る時、ひとりの人間が、性や時代の制約を超えて、必死に「私」でありたいと望んだ、血の滲む闘いの歴史を知る。強固な自我が、自由を求めて、時に風雪になぎ倒されそうになりながらも、立ち上がり、強くたくましく育っていくさまが、おおどかなことばのリズムに現出される。

焔よ
足音のないきらびやかな踊りよ
心ままなる命の噴出よ
お前は千百の舌をもつて私に語る、
暁け方のまつくらな世帯場で――。

年毎に落葉してしまう樹のように
一日のうちにすつかり心も身体もちびてしまう私は
その時あたらしい千百の芽の燃えはじめるのを感じる。
その時私は自分の生の濁らぬ源流をみつめる。
その時いつも黄金(きん)色の詩がはばたいて私の中へ降りてくるのを感じる。

（「焔について」）

永瀬は、常に「私」の視点にこだわり、「私」の場所、暮らしの内部から詩を生み出した。世帯場とは台所のことであるが、この詩が書かれた時は、農婦として働く日々を送っていた。家事の火と水、大地と風と陽の匂いを存分に吸ったことばには、瑞々しさがあふれている。「めぐってくる五月には」「暁が来た時に」「朝になると」など、詩のタイトルと、書き出しの一行が同じ作品が多々見られるのは、ふいに胸によぎることばを、すっと掴んで書くからだろう。研ぎ澄まされたポエジーを漁る勘は、ひときわ優れている。忙しない時を追い、体を経巡る血と汗に押し出されるように、ことばが噴出していく。構えなど一切ない。行は、屈んだり起きたりする、土を耕す、井戸から水を汲み上げる、繰り返しの肉体の動作をそこに映し出し、生き生きとした命の躍動を読み手へと伝える。

私は濁つてあたたかい土
私は一本の柔かい茎
みちべりのへびいちごの花冠にまで
私は吸いあげている私の生を――
私は一枚の泥田の水口を
もりあがつて流れ入る水の乳房におどろく。
私は自分が
深い茄子紺色の大洋の底から

火と硫黄を噴きあげる熱い蒸気であることにおどろく。
私は血液の紅い流れが
人の形で地上を被うていることにおどろく。
それは海流の干潮とともにあふれ
遠くみえない引力によつて月々ほとばしるのにおどろく。
………中略………
四十億年目に
私のネガ　私の異性
永遠のつめたい月に気づいた時
私ははじめて自分があたたかい泥であることにおどろく。

「私は地球」という詩の一部、一回一回、泥をかき分ける毎に、新鮮な命の源に触れ、自然の営みに驚く永瀬の姿はなんと愛おしいのだろう。「わかるよ　地球の望み　地球のほしがるもの」（「苔について」）と、何のためらいもなく、この地球に語りかけることの出来た永瀬。彼女の詩の奥底にはいつも、力強い母性が、海のように波打っている。実生活では、四人の子を持つ母であった。子の成長によせることばも、小さな命から発信される生の煌めきを見つめ、引き寄せ、印象深い。

私のさびしい生涯に
お前はみどりの翳をなげる。
窓の外にさしのべた
楓のゆれやすい枝のように
ただ形なくちらちらした光
それでいて私に無限のことを考えさす。
ほんの少しの美しい言葉や
かすかな愛のまなざしで
私のさびしい生涯を
現世に執着させる。

（「そよ風のふく日に」）

連綿と続く無限の命の営みを、子のなにげない仕草にビビットに感じ取る。そして、母なる星の、泥のことばを真摯に聞き取り、頁に刻む。澄んだ耳を持つ詩人の、素朴なつぶやきが心にしみる。一方、「廃墟はまだ冷えていない」とヒロシマをうたう詩は、現在へと、鋭い普遍の光を私たちに投げかける。さらに、「地球は一個の被害者となつた、／今や地球はみるみるやつれ可哀相なものとなつた。」（「滅亡軌道」）と、ビキニ沖で起きた核の事故を扱う作品には、人間としての怒りが張り、時代を超えて色あせないことばの力を感じる。

一九五五年、インドニューデリーのアジア諸国民会議への出席を機にインドと中国を旅した経緯から生まれた作品は、社会性への目覚めを感じさせるが、まなざしはいつも、人々の生活実感の奥底に沈む、自由への飢餓感、自らを鼓舞して止まない精神の渇きを見つめている。

泥の家々は
地蜂の巣のように窓もない
大地の瘤のように耳もない
埃に厚い農婦のサリーは
まぶしい烈日の下の飛ばぬ翼だ
やせた麦を脱穀するため
ひねもす黙々と収穫を踏んでいるさびしい牛

（「印度」）

閉塞した国の現実を生きるインドの女たちのサリーは、自由を奪われた飛べない翼だ。この女も他ならぬ「私」である。貧しさの背後にある制度への批評性が静かに伝わってくる。魂は何に縛られることもなく羽ばたきたい、ペンは永瀬の翼であり続けた。彼女は、短章集と呼ばれるアフォリズムや詩的断片を数多く残しているが、倫理とウィットに満ちたことばの連なりは、詩というよりは、詩へと飛翔する梃の役割を果たし、常にことばで自己を認識することで、豊饒な詩精神を耕した。

生理的な意味に於いてスピードのある血液に「極端なる目覚め」はやってくる。深窓の佳人はよい詩をかかない。

（「スピードのある血液」）

燦々と照る陽を浴び、血の流れに寄り添い、諸国の天女のように、人の世のあはれを凝視する、鍛錬の持続の内に花開く詩語の成熟を見る時、流れゆく時代や流行に、いかに対峙し、自らの持つ本来の資質を開花させるか、自らの内に描き出す普遍世界を強固なものにできるか、書き手としての存在原理、アイデンティティについて深く考えさせられる。永瀬が「私」でありたいと望んだ「私」は「書く私」であった。また、「書く私」であり続けることの困難は、どんな時代にも共通する表現者の痛みだ。頁をめくるたびに、彼女の曲がる背が見え、生きる喜びの背後に横たわる、書くゆえの苦味も自己矛盾も、正直で潔い永瀬の人柄だろう、隠すことなく刻まれて在る。

しかしながら、真の詩人は、真の詩人によって否応なく導かれてゆくものだ。永瀬は、十七歳の時、病についた妹の枕辺で『上田敏詩集』をひもときながら、詩人になる他ない、と決意した。早春の日の出来事だ。春は、心をまっさらにし、決意へと導く季節だ。ひたすら「私」でありたいと切望した彼女に、導きの手はいくつも差し伸べられた。ブレイクの形而上的なヴィジョン、天使のはためき、タゴールのギーターンジャリ、という清冽な響き。「婦人画報」に投稿した清子の短歌を取り上げた、与謝野晶子との一度きりの出会い。農作業の中に神秘を見出したであろう宮澤賢治が手渡した、精神という名の鋤と鍬。

けさ、朝げの汁の実に葱を摘もうとした時
指はつめたくまだ霜にふれたけれど
それでも太陽光線は青くみなぎりわたり
眼もあけられず私は思わず
春の方へとぶっ倒れた

（「老いるとはロマンチックなことなのか」）

生きるという時間に、くたくたに疲れた心身を、賢明な鋤と明るい太陽に耕された、ことばの大地へ、身も心も裸になって投げ出した清子。どこまでも無心に。その潔さは、ユーモラスでこの上なく温かい。ああ、私も、豊かな詩の大地へ、真っ直ぐにぶっ倒れてみたい。彼女を知るために古本屋で求めた永瀬清子詩集、表紙をめくると、静かな佇まいの署名があった。姉さん被りをした野良着姿の「永瀬清子」が、すっと大地に立っていた。見つめられている、気がした。「母さん」と、呼びたくなった。

# 拳玉少年の夢想——吉岡実

その人は、拳玉少年だった。ひとつの球体を宙へ放り投げ、ただ一つの先鋭なる世界の軸に玉を通す。玉が描く放物線は、空へ美しく刻まれた後、儚くも消え去る。後に少年は、脳裏に焼き付いた放物線、消え去る幻を、ことばをもって白紙にとどめることを知った。「……………冷静な意識と構図がしずかに漲り、リアリティの確立が終ると、やがて白熱状態が来る。………」(「わたしの作詩法?」)。無意識の果てから到来するもの、女体、玉ネギ、乳母車、ぶどう、雨傘、オートバイ………。それら物達は、それぞれの内部に抱えた時間の帯を引き連れ、有機的な交合を経て、平面の紙、という地上へ、新しい住み処を得、生き始める。極めて、エロティック且つ、グロテスクな姿で。絵画的な存在の在り方で。

澁澤龍彦が挑んでも勝てなかった、拳玉の名手であり、田村隆一と並んで、戦後詩の世界でひときわ異彩な光を放つ存在、吉岡実(一九一九~一九九〇)は、「わたしの作詩法?」というエッセイの中で、「発生したイメージをそのままいけどることが大切である。」と書いている。ピカソの詩に啓示を受け、詩集ごとに次々とスタイルを変化させる、詩のフォルムに最も意識的な書き手であった彼の詩は、言語の肉体が拓く可能性に満ち、極めて新鮮な、生き生きとしたことばの舞踏が今も輝きを止めない。

改めて年譜をひもとくと、戦争という時代の波に翻弄されながら、静かに、生の立ち位置を確立してきた、誠実な青年の面影が見える。東京下町育ちの好奇心旺盛な少年、ヨーヨー、メンコ、拳玉、石けり、遊びにめっぽう強い、目のくりくりした少年は、後に遊戯の対象を言語へと傾斜させる。彼の詩的出発は、自らの死を強く意識した出征前に纏められた詩集『液体』（一九四一）と、帰還後に出された『静物』（一九五五）。これら二冊の狭間にある、大きな精神の脱皮を乗り越えることから始まったといえよう。北園克衛や左川ちか等のモダニズムの影響色濃い、初々しい少年性と抒情性あふれる夢見がちなことばから、一転して、「死」という時間を潜り抜け、生の不条理を凝視した重みのあるフレーズが、人間の個の深淵を照らしてゆく。

金魚が紛失する午後の音譜線を走る
少年は蠟にまみれながらも牧師様の
帽子をこまかくちぎり暖かい卵をさ
かんにぬけ星とぬれた植物の隙間へ
のぼってゆく伯爵夫人の扇をとろう
と手をのばしたら山羊の乳液があふ

れだし緑の周囲がまるく縮んだかと
思うとたちまち旅行証明書と平行す
る夏の雲よりもはやく待避駅が映る
女医の水晶の眼鏡へ蛾がおちて間な
くシャボン玉が湧きふりかえる風に
葡萄が灯り首輪のない犬がもうきた

わたしが水死人であり
ひとつの個の
くずれてゆく時間の袋であるということを
今だれが確証するだろう
永い沈みの時
永い旅の末
太陽もなく
夕焼の雲もとばず
まちかどの恋びとのささやきも聴かない

（「夢の翻訳」〈紛失した少年の日の唄〉）

（「挽歌」）

あるとき、飛躍的なことばの成熟が為される、とは何を意味するか。それは、一日一日の、痛みを伴う意識の鍛練、濃密な時の流れが書き手の内部を耕し続けたということだ。仄暗い記憶を抱えつつも、帰還を果たした吉岡の表現への試みは、まっさらな白紙の上を今こそ生き直すように、イマージュのパッションに燃えあふれていくようだ。

吉岡の詩を世に知らしめた代表的な詩集『僧侶』（一九五八）は、聖俗入り混じる、反世界、いかがわしい僧侶たちの戯画めいた振る舞いは、ストイックなブラックユーモアに満ち、繰り返しのリズムが効果的な、音楽性豊かなことばの群れに魅せられる。

4

四人の僧侶
朝の苦行に出かける
一人は森へ鳥の姿でかりうどを迎えにゆく
一人は川へ魚の姿で女中の股をのぞきにゆく
一人は街から馬の姿で殺戮の器具を積んでくる

一人は死んでいるので鐘をうつ
四人一緒にかつて哄笑しない

（「僧侶」）

一貫して乾いた筆致は、吉岡の詩に共通の特色だ。対象との絶妙な距離を保ち、「詩は感情の吐露、自然への同化に向って、水が低きにつくように、ながれてはならないのである。……中略……多岐な時間の回路を持つ内部構成が必然的に要求される。」（「わたしの作詩法？」）とした詩意識を貫き、東洋と西洋の世界観が混在する、多次元に広がる小宇宙を産み出してゆく。芝居やストリップ、映画、舞踏等の「見る」ことの経験の豊かさが、肉感的なことばのボディを形作った。書き手の言語感覚は、生まれ落ちた時代と個人の資質によって育まれてゆくものだが、オリジナリティ溢れる陰影ある深度を持った奥行きが吉岡のことばにはあり、白紙の上に乗った彫刻のように、どんと在って動じない。

「本当の詩人は詩が巧いだけでなく、かならず運命を持っている」（『吉岡実全詩集』付録「運命の蜜」）と、高橋睦郎は言う。人生の表面上の波乱ではなく、内部の闇の問題だ。筑摩書房の編集者としての堅実な生活者でありながら、虚の時空に遊ぶ詩人であることの共存は、決して容易いことではない。吉岡の妻、陽子の父、作家の和田芳恵が語る吉岡の印象は、すとんと腑に落ち、言い得て妙だ。「夢想する魂と職人気質が共存する、奇妙な男」（『「死児」という絵』）。

『僧侶』発表から、十数年の停滞期を経て（その間、三冊の詩集、『紡錘形』（一九六二）、『静かな家』（一九六八）、『神秘的な時代の詩』（一九七四）を上梓、一九六九年から約二年間、詩を発表しない）、さらなるスタイルの変革を成し遂げた『サフラン摘み』（一九七六）は、裸体の少年たちの恍惚とした表情がぐるりと作品を覆う、片山健の装丁画が印象的な詩集。

一人の少女を捕えよ
なやましく長い髪
眠っている時は永遠の花嫁の歯のように
ときどきひらかれる
言語格子
鉛筆をなめながら
わが少女アリス・リデル
きみはたしかに四番目に浅瀬をわたってくる
それは仮称にすぎない
〈数〉の外にいて
あらゆる少女のなかのただひとりの召女！
きみはものの上を通らずに

灰と焰の最後にきた
それでいてきみは濡れている
雨そのもの
ニラ畑へ行隠れの
鳩の羽の血
形があるようでなく
ただ見つけ出さなければならない浄福の犯罪
大理石の内面を截れ
アイリス・紅い縞・秋・アリス
リデル！

（「ルイス・キャロルを探す方法　わがアリスへの接近」）

初めての引用詩は、新たなスタイルの発見につながり、自在で奔放なことばたちが豊かに遊ぶ。最後の二行、「アイリス・紅い縞・秋・アリス／リデル！」は、ことばとことばが音とイメージで結び合い、ことば自体の想像力が、古層深くから引き上げられてゆくさまが見事に表現されている。吉岡は想像力の枯渇を理由に「私はそれを引用する／他人の言葉でも引用されたものは／すでに黄金化す」（「楽園」）とした考えをもって、様々な引用を取り入れ、斬新な詩境を拓いていったが、第一歩としての先の作品は瑞々しい詩精神の躍動を感じる。また、自らの詩作に影響を与えた人物たち、瀧口修造、澁澤龍彦、土方巽、大野一雄、西脇順三郎等への献詩も多く手掛けたが、引用と献詩は、後期の吉岡の詩作品を色濃く映し出すキーワードだ。引用は、他者という媒体を通して浮上したことばの在り方を認めること、つまり、ことばは公器であり、私有化されるものでも、できるものでもないということ。献詩は、ことばという存在への共通理念を持つ仲間たちへの敬意でもあり（舞踏家たちの肉体言語も含めて）、ことばへの敬意の表明でもあるだろう。いずれも、より深くことばの側へと自己を傾ける方法だったのではないか。言うまでもないことだが、詩はことばで出来ている。ことばの運動こそが詩である。人間の感情を表現する、情報を伝達する、コミュニケーションの道具としての役割を超えて、ことばが踊るための、どこまでも無償の、言語芸術の世界を堅固に生み出し続けることに、吉岡は賭けたのだろう。

詩のスタイルを次々と変えるとは、いかなることか。それは、自己模倣や保守化を許さず、慣れ親しんだ世界と、その都度決別することだ。生まれた土地、肉親、仲間、仕事、めくるめく季節を送り、別れ、開拓される自己の魂を貫通して詩は生まれてくる。吉岡の偏愛する卵、卵はいつも、命を内包する。吉岡は、時代の色を携えた、いくつものことばの卵を孵化させ、詩という謎めいた鳥たちをはばたかせた。形而上の鳥たちは、日本語の空の彼方を自由に飛びまわり、過去、現在、そして、未来の読み手の元へと、その豊かな飛行曲線を指し示す。未知の時空を拓く鍵は、ここに在るのだと知らしめるように。

しかしながら、吉岡の詩をひも解いていると、詩に解釈や批評は無用、詩のことばのベクトルは、無意識層に点滅する光と闇の軌跡でしかないことに気づかされる。理解されるべく批評のことばを寄せようとすればするほど主題は遠ざかり、ことばたちは、後ろ向きになり、真実の顔を隠す。詩に、弾かれてしまう。私たちは謎そのもの、とでも訴えているかのごとく。そして、生涯、「(白紙の世界)をさすらいつづけ」(「蓬萊」)た吉岡は、その真理を痛いほど知っていた。「もどかしいもの／(言葉)／(我)という概念の中の(汝)よ／(生れ　生れ　生れ／生れて(生)(しょう)の始めに暗く)／(詩人)と謂われる／おぞましい(存在)と成れ」(「青海波」)。ことばの謎に、首をつっこんだまま生き、死んでいく存在、ことばの縄に魂を縛られたまま、夢見がちにいつも、「詩の降臨」を待っている、辿り着く詩の沖があるのだと信じて止まない、それこそが「詩人」であるのだと。「夢の波に乗る／謎(エニグマ)／沖は在る」(「楽園」)。

詩の謎を追い、夢想の波にもまれ、見果てぬ彼岸に生きる詩人の厳しさとは対極に、此岸に生きた一人の人間、吉岡の、飾らない優しさが、残された散文や日記には、静かな慎ましさをもって見受けられる。吉岡最後の著書『うまやはし日記』(一九九〇)は、吉岡、二十歳頃の戦前の日記の収録だが、淡々とした情景描写、短く簡潔した事象の連なりには、暮らしの重みと影がひそやかに波打ち、季節を彩ることばの美しさに魅せられる。「花曇り」「墨堤はもう桜の花ざかり」「葉ざくらの墨堤」「けぶる春雨」「空には鯉のぼり」「晴。天長節」………。そして、こよなく愛した読書や観劇に日々を支えられながら、きな臭い戦争の匂いが日常を覆い、出立への時が迫ってゆく。

昭和十四年（一九三九）

七月三十一日

遠い煙突のうえに銀いろの雲が漂っている。沈みかかる夕陽。ねぐらへ帰る鳥のむれ。夜、華やげる銀座へ出、新橋演舞場に行く。………

八月一日

夕食後、近所の写真屋で記念写真を撮る。わが長き髪のために。その足で理髪店に寄り、坊主頭になった。ひとにぎりの髪毛を、母に渡す。

出征前に纏めた詩集を出発点とし、同時期に書かれたであろう日記で、幕を閉じる、吉岡の詩人としての歩みは、太陽の象徴のような拳玉、赤い玉が、はるか遠い時空を旅し、ひとすじの弧を描いて、やがて戻ってくる、その運動に極似してはいまいか。已の軸はぶれずに、頑なに握りしめた柄は離さずに、己が放った真っ赤な命の玉の軌跡を見続けた。それは、ことばの玉であり、己の魂でもあっただろう。潔い自己放下が、様々な言語の夢を拓いた。肉体の寂しさを知る人間の、漂泊につぐ漂泊の果てに、玉の穴と軸の交合という究極のエロティシズムの光放つ終着点が待っている。なんという見事な拳玉少年の夢想であろうか。肩にダルマインコを乗せて、仕立ての良いシャツに身を包んで、遥か未生の詩世界へ穏やかなまなざしを向け、妻にミーちゃんと呼ばれて微笑む詩人、吉岡少年の永遠の夢想は、ここに完結する。

わたしは認識する
　　（形而上学は
　　　　　深山に無く
　　　　　密室に無く
　　　　　　　典籍に無く
　　凡庸なる炉辺の猫にある）
生きている限り
　人等よ
　《（時空）と（謎）に身をまかせよ》

（「落雁」）

# 卵をわると月が出る——左川ちか

「私、小樽の、暗い海しか知らないから、こんな明るい海、びっくりしたわ……また、来ましょうよ」

（江間章子『埋(う)もれ詩(し)の焔(ほむ)ら』）

一九三四年八月下旬、新島、式根島への旅行先で海を見た時、細い笛のようだったというその声は言った。連れ立った友人に、無邪気な喜びを伝えた女は、再び、明るい海を見ることなく、一年数カ月後、胃がんで世を去った。詩人、左川ちか。本名、川崎愛、享年二十四。

北海道余市に生まれた詩人、左川ちか（一九一一〜一九三六）は、昭和時代初期のモダニズムを代表する女性詩人のひとりだ。ジェイムス・ジョイスやヴァージニア・ウルフ等の翻訳で名を知られ、詩壇へと新風を巻き起こしながらも、二十四歳で夭折。生前刊行された著作は翻訳書一冊のみ。希求された詩集の産声は、死後の領土に置かれた。実質的な作品の制作期間は、十九歳から二十四歳までの、わずか五年。残された詩の宇宙から迸るのは、不器用なまでの生き難さ、孤独という深淵が生み出す色彩豊かなイマージュの力強さだ。緑、青、白、赤、様々な色ガラスを詰め込んだ万華鏡のようにきらめくちかのことばは、時代を超えて、私たちの内奥を鋭く突き刺す。詩神は、ちかに、短い時しか与えなかった。言い換えれば、詩の完成に長い時を必要としなかった。自らの肉体にストックされた時間はあまりに少なく、老いという自然がもたらす成熟は許されなかった。五年という時の中に、人生と詩が凝縮され、一人の詩人の生の痕跡として、詩の一粒一粒が、密やかに残された。歴史という大河に放り投げられた光る小石のように。

　現在出版される詩集の群れに、時代の流行や速度、ある種の「饒舌さ」を見る時、ことば少なに刻まれたちかの詩は、流行という衣装を纏った言葉を差し引いてあまりある、普遍的な力が宿る。人間が生きるということは、喪失の繰り返しであることを知らしめるように、ちかの詩には、痛みを伴う喪失感が満ち満ちている。ことばは世界との和解がないまま、どこまでも突っ走るのだ。幼い頃から虚弱で、春先には視界が緑に染まる程、視力が弱かったというちかの肉体性は、特異な感受の扉を開き、生命というきらびやかなエネルギーへの畏怖と自然のダイナミズムへの敬意、このアンビバレントな感情の波が、シュールなことばのうねりを生み出した。

朝のバルコンから　波のやうにおしよせ

そこらぢゆうあふれてしまふ
私は山のみちで溺れさうになり
息がつまつていく度もまへのめりになるのを支へる
視力のなかの街は夢がまはるやうに開いたり閉ぢたりする
それらをめぐつて彼らはおそろしい勢で崩れかかる
私は人に捨てられた

（「緑」）

あふれる緑は迸る命の証、目に映る事象はすべて、萌ゆる命の炎である。その勢いが、ちかには恐ろしかった。生命力が自らの肉体からどんどん奪われていくのに、眼前の緑は、美しい永遠性を携えて在り続ける、その不条理。ちかの周りにある、海、山、緑、それら自然の大きさの中へ自分はいずれ飲み込まれてしまう。そう遠くない死を常に本能的に感じとっていたのだろう。そして、最終行「私は人に捨てられた」というフレーズは、ちかの文学的導き手であった伊藤整との関係の終焉による大きな痛みを刻んでいる。そのフレーズの重みは計り知れない。富岡多恵子は言う。「女の詩に限らず、詩は〈人に捨てられる〉ゆえに〈人を捨てる〉ことでだいたいがはじまっていく。」（『さまざまなうた　詩人と詩』）と。「終日／ふみにじられる落ち葉のうめくのをきく」（「鐘のなる日」）。一枚一枚の落ち葉の声は、まさに、ちかのうめき声、悲鳴だったのではないか。しかし、この喪失が、ちかを真の詩人にしたとも言える。男と女、愛という幻影、過酷な運命の下に、詩が芽生えることもある。文学や芸術が人の営みの深淵の動きを掬い取る、一つの器と化す時には。

性の衝突や融合という営みの中で、異性の存在が梃の役割を果たし、ことばを突き動かす源泉となる。ちかがその作品に影響を受け、内面性のシンパシーを感じさせる、意識の流れの手法で知られる小説家、ヴァージニア・ウルフも、形は異なるが、その一人ではないだろうか。夫のレナード・ウルフは献身的にヴァージニアの生活と創作活動を支えた。生涯、周期的な神経衰弱を患いながらも、執筆を続けた彼女の詩的幻想の世界の確立に、レナードの存在は欠かせない。家庭外の恋の存在、狂気の発作、すべての混沌をも受け止める彼の裡には、ヴァージニアの内部にある侵しがたい才能への敬意が備わっていたのではないか。ちかの年譜にそっと書かれた一行、「松ノ木の田園アパートに伊藤整をしばしば訪ねる」。二人の間に交わされた活発な文学論は、互いの才能と文学の寝床を耕し、一方は詩と死へ、一方は、小説と生へと道を分けた。死と生に分かれていく道は、ヴァージニアとレナードも同様と言えるかもしれない。ヴァージニアは、敏感な心性ゆえの苦しみに耐えられず、母の故郷セント・アイヴスの海を思いながら、ウーズ川へと身を投げた。歴史に残されるのはいつも、血の流れる作品だけだ。

ヴァージニア・ウルフとちかの感受性は、同じ時代の中で、国境を越え、呼び交わしただろう。作品を見比べると、ウルフの短編小説「緑」（ヴァージニア・ウルフ著・西崎憲編訳『ヴァージニア・

ウルフ短編集』）は、ちかが繰り返し描いた色彩、生命力の象徴「緑」の、繊細なきらめきに通じているように思われる。

玻璃の尖った指先はみな下方を差している。光はその玻璃を辷りおり、滴って緑色の水溜まりを作る。一日中、玻璃の枝つき燭台の十本の指は大理石のうえに緑を滴らせる。鸚哥らの羽——その耳障りな声——鋭利な棕櫚の葉——それらも緑。その緑の針が陽光のなかで燦々と耀く。

緑の光を緑の「針」と書くウルフ。緑という色に敏感に反応し、緑を時に自らを傷つけるものと見なすまなざしは、ちかに酷似している。そして、死という凶暴な力に吸い寄せられていく様も、二人に共通する悲劇ではないだろうか。「書物とインキと錆びたナイフは私から少しづつ生命を奪ひ去るやうに思はれる。」（「錆びたナイフ」）。ちかの詩のことばはそのまま、ウルフの心の緑をなぞっているようだ。

　しかしながら、ちかの詩の底知れぬ哀しみの中に、わずかに醸し出される、「若さ」は、あえかな希望を含み持つ瞬間があり、一抹の救いを感じさせる。

　全詩集最後に収録された「季節」。この詩に登場する煙草を吸いたいと思うユーモラスな馬は、ちかそのものだ。兄のシガレットケースからこっそりゴールデンバットを抜き取ってたしなむ、ちょっぴり反逆精神にみちた背伸びした女学生の姿。コケティッシュな少女の夢想。

晴れた日
馬は峠の道で煙草を一服吸ひたいと思ひました。
一針づつ雲を縫ひながら
鶯が啼いてをります。
それは自分に来ないで、自分を去つた幸福のやうに
かなしいひびきでありました。
深い緑の山々が静まりかへつて
行手をさへぎつてゐました。
彼はさびしいので一声たかく嘶きました。
枯草のやうに伸びた鬣が燃え
どこからか同じ叫びがきこえました。
今、馬はそば近く、温いものの気配を感じました。
そして遠い年月が一度に散つてしまふのを見ました。

描かれる馬の存在のさびしさ、枯草のような鬣、自分を去った幸福、全てが死の予兆であるが、同時に「馬はそば近く、温いものの気配」と、「遠い年月が一度に散つてしまふ」ことを感じている。生死を越えた、大いなる恩寵の光に抱かれていく馬の姿が見える。アイロニカルな己の分身のごとき馬の存在を詩に刻む時、ちかは、死という「季節」の中へと駈けてゆく、溶けてゆく光の手綱を握ったのだと思う。そして、一声たかく嘶く、その嘶きは全て詩のことばだったに違いない。

ちかの詩は、どの作品においても、一行一行が自立して立っている。「卵をわると月が出る」（「花」）。さりげない一行であるが、一瞬で夜闇に浮かぶ満月の姿、想像の世界へと飛翔することができる。だが、ふと月を心に描きながら思う。明るい黄身を月と見なす比喩の向こうに、もし、黄身を太陽と見なす向日性が、ちかにあったなら、ちかの詩と人生は、生きる側へと傾いただろうか、と。しかし、ちかにとって月は、闇＝死に親和する近しい光、太陽は、生という力を我が物とするために、望んでも掴みきれない、捕えるための存在だった。刻まれたことばの絶対性に詩人は従うしかない。残酷なまでに本質のみを明らかにする詩の予言性の下に、詩人は跪くしかない。

夜の口が開く森や時計台が吐き出される。
太陽は立上つて青い硝子の路を走る。

街は音楽の一片に自動車やスカアツに切り
鋏まれて飾窓の中へ飛び込む。
果物屋は朝を匂はす。
太陽はそこでも青色に数をます。

人々は空に輪を投げる。
太陽等を捕へるために。

（「出発」）

「詩の世界は現実に反射させた物質をもう一度思惟の領土に迄もどした角度から表現してゆくことかも知れない。」（「魚の目であつたならば」）と、書くことへの批評性を失わなかったちかの詩は、叫びに満ちながら、日本的な抒情的湿度に、まみれることはなかった。私性や女性性にもたれない、現代性へ通じる自我の確立の下になされた、まれな詩作営為であったと言えると思う。

「視力のなかの街は夢がまはるやうに開いたり閉ぢたりする」（「緑」）。と、ちかは書いた。万華鏡が拓く世界は、ひとりきり、小さな円を覗くことで完成する。誰にも邪魔されないひとりの世界、完成と崩壊を繰り返す、瞬時に色かたちを変える光景に見入るその仕草は、ちかという人にふさわしい。黒い天鵞絨の洋服が好きだったという、ちか。その裏地は赤だった。燃える緑に揺さぶられ、月と太陽、黒と赤、闇と光、常に生と死、両極に振れて零れ落ちる、ちかの詩のことばはいつも、硝子片のように美しい、人間の根源から迸る哀しみの種子だった。「また種子どもは世界のすみずみに輝く。／恰も詩人が詩をまくやうに。」(「単純なる風景」)。撒かれた種から育つ、強靭な孤独が拓く詩の夢は、形而上的普遍の翼を翻して、決して色褪せることはない。

人間の生、営みに、時として付随する権威や名声、様々な俗性を捨て去って、ペン一つで世界と対峙する詩人の姿が、作品の背後に屹立する詩は、多くはない。左川ちかは、立っていた。ただひたすら、ことばの裡に溢れる生命の火を、眼鏡の奥から見つめ続けた。柔らかな人類の夜、少女の着物の裾でこすって磨く黒曜石が、永久の時を携えて、今も、光る。ちか、ちか、ちか、と。

トンカ・ジョンの雀は赤子のそばに――北原白秋

揺籠（ゆりかご）のうたを、
カナリヤが歌（うた）ふよ。
ねんねこ、ねんねこ、
ねんねこ、よ。

（「揺籠（ゆりかご）のうた」）

誰の口から、どんな時に聞かされたか、まるで覚えていないのに、私たちの無意識層へと奥深く潜り込んで鮮やかな記憶として浮上する、メロディと共に溢れ出ることば、子守唄。その柔らかなことばの母を問わずに、無心に音楽の中へ身を投じる瞬間ほど幸福な時間はない。それは、何の構えもなく、母語の海の豊かさに抱かれて在ることの証だからだ。母と子をつなぐ臍の緒は、生まれ落ちた瞬間、ことばという、もう一つの臍の緒へと移り変わる。ことばは、人と世界を結ぶ確かな臍帯として、「個」である人間存在の営みを支え、彩るのだ。

雨雨(あめあめ)、ふれふれ、母(かあ)さんが
蛇(じゃ)の目(め)でおむかひうれしいな。
　ピッチピッチ　チャップチャップ
　ランランラン。

（「雨ふり」）

雪(ゆき)のふる夜(よ)はたのしいペチカ。
ペチカ燃(も)えろよ。お話(はなし)しましょ。
むかしむかしよ。
燃(も)えろよ、ペチカ。

（「ペチカ」）

私たちは、『桐の花』（一九一三）、『邪宗門』（一九〇九）、『水墨集』（一九二三）などを世に知らしめた書き手、白秋その人を知らずとも、「揺籠のうた」、「ペチカ」、「雨ふり」の、母と子に寄り添うことばたちの親を、知らず知らず無条件に受け止めている。幾度くり返しても飽きることのない節回しの根底には、人間はもちろんのこと、木、草の葉、星のまたたき、空や山

や野原、海のささやき、一粒の芥子の種、ありとあらゆる生きとし生けるものへの愛が波打ち、今ここに存在することを、豊かな肯定へと導いてくれる。詠み人知らずの作品の中に生きることばこそ、真の詩であり、白秋が望んだ詩の在り方であったと言えよう。優れた童謡生誕の経緯を中心に、白秋の仕事を見つめたい。

福岡の水郷柳川に育った北原白秋（一八八五〜一九四二）は、酒造業を営む裕福な家の長男に生まれ、少年時、不思議な響きを持つ柳川語で、トンカ・ジョン（良家の長男）と呼ばれた。幼少期より、竹取、平家物語、近代の書物や翻訳書に心酔した早熟な少年は、十四歳にして文学を志す。時に妖しい水の匂いを含んだ柳川の風土は、白秋の文学的精神形成に大きな影響をもたらした。「わが生ひたち」に描かれたビードロのごとく色彩豊かな廃市の光景は、揺らぐ水のたゆたいを記して官能的だ。

私の郷里柳河は水郷である。さうして静かな廃市の一つである。………中略………肥後路より、或は久留米路より、或は佐賀より筑後川の流を超えて、わが街に入り来る旅びとはその周囲の大平野に分岐して、遠く近く瓏銀の光を放つてゐる幾多の人工的河水を眼にするであらう。さうして歩むにつれて、その水面の随所に、菱の葉、蓮、真菰、河骨、或は赤褐色黄緑その他様々の浮藻の強烈な更紗模様のなかに微かに淡紫のウオタアヒヤシンスの花を見出すであらう。水は清らかに流れて廃市に入り、廃れはてたNoskai屋（遊女屋）の人もなき厨の下を流れ、洗濯女の白い酒布に注ぎ、水門に堰かれては、三味線の音の緩む昼すぎを小料理屋の黒いダアリヤの花に歎き、酒造る水となり、……中略……水郷柳河はさながら水に浮いた灰色の柩である。

しかし、豊かな詩情を育んだ故郷の静寂は、不意に破られる。明治三十四年、白秋十六歳の春、沖端の大火によって酒倉、新古酒の全部三千石を焼尽し、北原家は衰亡に追い込まれる。大火の後、残されたのは、泥にまみれ、表紙もちぎれた紫色の『若菜集』。白秋の心に、詩のことばだけが燃やされずに残り、未来を繋いだといえよう。「この水の柳河こそは、我が詩歌の母體である。」（「水の構図」）と自ら記したように、故郷柳川の水は、白秋の内奥に生まれた文学という名の赤子を育む羊水であったのだろう。水を喪失した後、一瞬にして火に包まれ、文学の道が切り拓かれる。水と火に象徴されるどこかドラマティックな出自は、後に生まれる、風と土の匂いのする自然讃歌にあふれた童謡の糸口を、手繰り寄せたのではないか。森羅万象すべてを生み出す四大元素を縦横無尽に駆け巡ることばの魔術師、白秋の、詩人としての運命は、生まれ落ちた星のもと、既に決定づけられていたかに思えるのだ。

詩、短歌、童謡、歌謡、翻訳、随筆、小説、評論、紀行など、日本語によって書き得るあらゆるジャンルの表現を泳ぎ渡った白秋。その偉業の中で最も広く知られることになった童謡について、明治四十四年に刊行された第二詩集『思ひ出』の、増補新版について語った文章に注目したい。「この『思ひ出』こそは今日の私の童謡の本源を成したものだと云ひ得る。……中略……詩に行き詰って童謡の平易に転換したなどと見る人があるならば、それはあまりに詩胎の発素を知らないのである。私の童謡製作は寧ろ本質への還元であるかも知れぬ。」。喪失した故郷への郷愁を唄う日々の中で、「詩胎の発素」を見出したことが、白秋文学の揺るぎない核となったと言えよう。

JOHN, JOHN, TONKA JOHN,
油屋のJOHN, 酒屋のJOHN, 古問屋(ふつどいや)のJOHN,
我儘で派手(はで)好きなYOKARAKA JOHN.
"SORI-BATTEN!"

南風(はえ)が吹けば菜の花畑のあかるい空に、
真赤(まつか)な真赤な朱(しゆ)のやうなMENが
大きな朱の凧(たこ)が自家(うち)から揚る。
"SORI-BATTEN!"

（「春のめざめ」）

『思ひ出』には、ローマ字で表記された数々の柳川語、方言が登場する。油蝉をWasiwasi、良家の令嬢をGONSHAN、小さき令嬢を、TINKA ONGO、など、独特の響きとリフレインは、人の身体に強く訴えかける。故郷の土地に根付いたことばを繰り返すことは、個の魂の胎内、そして同時に、母語の胎内、その古層に潜ってことばを耕すことに他ならない。そして、童謡の要は繰り返すこと、無限のリズムを心に刻むことは、本来有限である命を不死のものとする。白秋のことばは、詩に永遠性を胚胎させ、巡り行く命の本質を指し示す力を宿したと言えるのではないか。

草わかば色鉛筆の赤き粉のちるがいとしく寝て削るなり

鮮やかな色彩感覚とみずみずしい若さあふれる感性の華やぎがまぶしい。上田敏を魂の母、森鷗外を魂の父と呼んだことからも明らかなように、日本語への並々ならぬ畏敬と誠実が白秋を白秋足らしめた。

だが、ことばへの鋭敏な感性は、時に時代という圧力のもと、強い国家主義へ傾くこともあった。「ヒノマル　バンザイ、オヒサマヲ／ソメダス　ヒノマル、オクニノ　シルシ。……」(「ヒノマル　バンザイ」)。「燦たり、輝く／ハーケン　クロイツ／ようこそ遥々(はるばる)、西なる盟友、／

いざ今真えん、朝日に迎へて、我等ぞ東亜の青年日本。／万歳、ヒットラ　ユーゲント／万歳、ナチス。」（「万歳ヒットラ・ユーゲント」）。

戦の、きな臭い匂い立ち込める昭和十三年前後、晩年の、白秋の作品に見られる棘は、国の道行に沿おうとする人間の弱さか、あるいは、時代の空気を存分に吸って書こうとする表現者の性であろうか。今ここに在る時代との距離をどう取り、広やかな普遍を目指すか、その問いは、常に私たちに向けられている。そして、ことばという生き物は、時にその魔的な力で私たちを翻弄することも忘れてはならないだろう。

言葉はかはい、
綺麗な魔物、
小さな魔物、
生きてる魔物、
ひィとつひィとつかはい。

（「言葉」）

しかしながら、望むなら「うたをつくつたり、歌つたり、あつめたりして、いつでもあなたがたのいい小父さん」（『花咲爺さん』はしがき）として佇む、自然を愛でて止まない、子供たちの傍らで微笑む白秋をこそ、記憶に刻みたいと思うのだ。

大正七年、小田原に転居した白秋は、翌年、十字町天神山伝肇寺（でんじようじ）の境内に住宅を建て、「木兎（みみづく）の家」と名付け、ここで童謡を含めた多くの作品を生み出した。その二年後、前妻江口章子との離婚トラブルを経て、佐藤菊子と結婚し、後に二人の子どもに恵まれている。ここ木兎の家では、心に吹いた嵐を一蹴する、小さな雀にまなざしを向けた。簡素な生活を送る雀、その可愛らしいさえずりは、心の奥底に渦巻く貧しさや寂しさ、人に対する憤怒や侮蔑、あらゆる負の感情、濁った澱を、澄んだ思考へと導いた。雀と話をしたアッシジの聖フランシスを尊び、雀の姿に我を見、春夏秋冬を巡る大自然と融合する静かな内観の日々は、白秋の傷んだ魂を再生させたのだ。

私生活での穏やかな時の歩みは、軽やかな心と体を生み、清冽な筆を走らせる事となった。大正十四年、樺太へ渡った船旅を綴った紀行文『フレップ・トリップ』は、詩、童謡、手紙形式など、様々なスタイルが融合され、自由快活な白秋のオリジナリティが存分に現れ、新鮮だ。

　心は安く、気はかろし、
　揺れ揺れ、帆綱よ、空高く……

ハロウとでも呼びかけたい八月の朝凪（あさなぎ）である。爽快な南の風、空、雲、光。

なんとまた巨大な通風筒の耳孔（みみあな）だろう。新鮮な藍と白茶（しらちゃ）との群立だ。すばらしい空気の林。

なんとまた高いマストだろう。その豪壮な、天に沖（ちゅう）した金剛不壊力（ふえりき）の表現を見るがいい。

　その四方に斉整した帆綱の斜線、さながらの海上の宝塔。

ゆさりともせぬ左舷右舷の短艇（ボート）の白い竜骨。

黄色い二つの大煙突。

あ、渡り鳥が来た。耿（こう）として羽裏（はうら）を光らせて行くその無数の点々。

煙だ。白い湯気だ。その無尽蔵に涌出するむくりむくりの塊り。

しかも、見るものは空と海との大円盤である。近くは深沈としたブリュウブラックの潮（うしお）の
　面（めん）に攪乱する水あさぎと白の泡沫。その上を巨（おお）きな煙突の影のみが駛（はし）ってゆく。

北へ北へと進みつつある。

ハロウ、ハロウだ。


眼前に遥々と広がる海の青は、故郷、柳川の水を想起させただろうか。支那服をつけ、雪白のだぶだぶとしたズボンをはき、利休鼠のお椀帽を被って、清々しい姿で甲板に立って微笑む、一枚の写真が残されている。この時、白秋、四十歳。生の円熟の極みに噴出した、踊ることばの波頭は、生きることの喜びを何の衒いもなく、まっすぐに読み手へと伝えるのだ。

「言葉の一つ一つは凡てが生ける言霊である、生物である。詩の生物としての言葉の本質はこ

とごとく神秘である。」(「芸術の円光」)。ことばの神秘を舵取る、白秋の道。それは、母語を育み続けた祖の歩みを、もう一度たどるように、切り拓かれていったに違いない。だからこそ、白秋のことばたちは、無上の懐かしさを伴いながら、一人一人の命を渡って、次世代へと受け継がれてゆく。トンカ・ジョンの雀は、赤子の傍らにあって、さえずりを絶やさない。ことばの花は、永久に咲き誇り、「この道」は、続いてゆく。

この道(みち)はいつか来(き)た道(みち)、
　ああ、さうだよ、
あかしやの花(はな)が咲(さ)いてる。

(「この道」)

# かなしみの朝露——八木重吉

雨上がりの朝、鮮やかな緑葉に、みずみずしい朝露が煌めいている。その一粒のしずくを見つめていると、ふいに湧き上がってくることばがある。

このかなしみを
ひとつに　総（す）ぶる　力（ちから）はないか

（「かなしみ」）

今ここに見つめるしずくは、生きとし生けるもののかなしみが、ひとつに総じられた姿なのではないか。こころという器に湛えられた存在のかなしみが、生きる日々の揺さぶりの中で、自然の姿を借りて、あふれ出したかのように思えるのだ。

八木重吉（一八九八〜一九二七）の詩のことばは、秋という季節の直中にしゃがみこむ一粒の朝露のようだ。短く、やさしいことばの連なりを、そっと読み解いてゆくと、小さな声が聞こえてくる。名もなき虫のささやきや梢のざわめき、隠された小川のせせらぎのような。その存在は目立たないが、この地球に息づく、慎ましく生きる者たちの、確かな声が立ち上ってくる。

わずか二十九年の生涯、二十四歳から五年ほどの限られた時間の中で生まれた詩は二千篇あまり、詩の題材は、身近な自然と家庭生活、そして、その中心にキリスト教信仰という揺るぎない柱があった。生前刊行された詩集は『秋の瞳』（一九二五）一冊のみ、死後一年目に『貧しき信徒』（一九二八）が、再従兄の加藤武雄の尽力によって出版されている。その他、重吉自らの手製による小詩集が数多く残された。それら膨大なことばの集積には、ひたすら己の内部へ向けて精神の鋤を耕し続けた若者の、真裸なこころの響きがほのみえる。

ほのかにも　いろづいてゆく　こころ
われながら　あいらしいこころよ
ながれ　ゆくものよ
さあ　それならば　ゆくがいい
「役立たぬもの」にあくがれて　はてしなく
まぼろしを　追ふて　かぎりなく
こころときめいて　かけりゆけよ

（「心よ」）

むなしさの　ふかいそらへ
ほがらかにうまれ　湧く　詩（ポエジイ）のこころ
旋律は　水のように　ながれ
あらゆるものがそこにをわる　ああ　しづけさ

（「むなしさの　空」）

重吉の詩のイメージは、全体として柔らかな静けさにあるように見える。しかし、つぶさに作品をひも解いていくと、凪の海が時にいきりたち、水面に稲妻が走るかのごとく激しいフレーズが飛び出す瞬間もある。「ぐさり！　と／やつて　みたし／人を　ころさば／こころよからん」（「人を　殺さば」）。

一人の人間の内部に渦巻く混沌は、聖俗に大きく揺さぶられながら、光と闇を携えたことばとなって噴出する。

文学と信仰の融合、己れの理想郷を追い求めた重吉にとって、現実世界と折り合いをつけることは常に難しいことだった。東京高等師範学校卒業後に就いた、英語教諭という仕事への違和、世間や社会に渦巻く虚栄や打算に身を寄せていくことのできぬ苦しみが、終生、詩の背後に佇んでいた。勤務の休み時間、同僚との会話には入らず、教室を抜け、木陰で静かに聖書を開いていたという重吉の背に伸びる影は、そっとこう語るのだった。

できるものなら
わたしをも　ひとをもころしてしまって、
あるひは　哀切に
あるひは　うつくしく
にんげんらしいものよ　生(は)えいでよ

（「不死鳥」）

「にんげんらしいもの」を一途に求めた重吉。彼の生涯において、欠かすことのできないオアシスは、妻となった島田とみ、重吉のことばを借りれば、「神から与えられた唯一の彼女」の存在であった。この宿命的出会いが、彼を真の詩人へと変貌させたといっても過言ではない。離れて暮らした二人の婚約時代、再び会える日を待ち望む重吉の筆跡は、幼子の駄々に似て、どこか狂気すら覚えるほど、痛ましい寂しさに満ちている。

とにかく、もし今后変更無き限り二十七日朝七時五十分東京駅着の急行でかへります。富ちやんは必ず迎へに来てくれること。プラットフォーム内迄。（忘るべからず）

土日月火水木金土日月
もうあとわづか！　18 19 20 21 22 23 24 25 26 27！

………中略………

富ちゃん、世の中って淋しいところです、ね。辛いところですね。危いところです、ね。

そして、分らないとこです、ね。

富ちゃん……淋しき兄の永遠の伴侶であってくれ！

（「大正十一年三月十七日付の手紙」）


愛する人との結婚、そして子供に恵まれると、重吉の詩は、子という無垢な存在に、新たな詩境が拓かれていく。今にも壊れそうな繊細な詩語から、「てくてくと／こどものほうへもどってゆこう」（「鞠（まり）とぶりきの独楽（こま）」）、その言葉通り、土着的な安定感を持つ明るいリズムを獲得し、素朴さの中にかつてないユーモアが満ちあふれてゆく。

ぽくぽく
ぽくぽく
まりを　ついてると
にがい　にがい　いままでのことが

ぽくぽく
ぽくぽく
むすびめが　ほぐされて
花がさいたようにみえてくる

（同）

重吉にとっての「にがい　にがい　いままでのこと」。寄る辺ない魂と、実存への不和を抱えた不器用な青年を悩ませた社会との亀裂は、「天国にちかくゐる」子供の世界の傍らで呼吸すること、子供のことばの原初的な力に触れることで鮮やかに回復してゆく。それは、外界への新鮮な通路の獲得であると同時に神の世界へと近づくことにも繋がった。「まわるものは／みんないいのかな／こまも　まわるし／まりも　まわるし」（同）、地球もまわる、現前する世界を肯定する溌剌としたまなざしが芽生え、わずかな希望の光が魂を照らす瞬間があったと言えよう。

しかしながら、重吉という人は、やはりどこまでも「独り」であったと私は思う。彼の心身をかろうじて支えたであろう「きりすと」の存在、信仰について、詩人、田中清光は、明晰な分析を持ってこう語っている。

「重吉の信仰を考える場合、たんに内村鑑三の無教会信仰の影響を受けたというのではなくて、富永徳磨の神人合一の思想や、内村鑑三の主張の影響などを通ってはいるが、彼自身の生の根源にひそむものを包みこみながら、それを超えようとする、はげしい直覚のうえに生れた、重吉独自の信仰」であり、「日本の農村で育てられた土俗的な感性や心情」を持ちながら、キリスト教の受容を「欧米からの受け売りの方法や観念的な姿勢でなく、農村体験を通りぬけてきたおのれの感受性のうえで聖書に直かにふれることによって果たしたということと結びついている。それはわが国の風土における単独の求道者の歩みであったといえるのではあるまいか。」(『八木重吉全集』第二巻)と。

孤高の精神の歩みを貫きながら、個を超える、より大きな存在、自然や神へと明け渡す自分を通して、こぼれ落ちてくることばを拾う告白調の重吉の詩は、浅く深い呼吸に似て、どこか生々しい。形而上を目指しつつも、時に地へ傾き、弱さや愚かさ、甘えや矛盾をも含みこんで、ただそこに真正直に純粋に、ことばが立っている。「かなしみを乳房のようにまさぐり／かなしみをはなれたら死のうとしてゐる」(「かなしみ」)。時代を超えて、永劫に変わりようのない、普遍的人間のかなしみを、まるごとまっすぐに生きることが、八木重吉という詩人の、大きな使命であったのではなかろうか。

物言わぬ一粒のあさがおの実に、一枚の葉に、自分の姿を重ねながら、日本的抒情を根底に、独自の花を咲かせた重吉の詩は、宇宙を生きるあらゆる生命の営みを、ただそこに在ることの尊さを、何の虚飾もなく素直に詠った。かなしみの本質を強く知るからこそ、命というものの持つ、瞬間的な温もりと幸福を、かなしみの果てに、見出そうとしていたに違いない。

野はひろい
畑のなかにたって絵をかいてゐたら
ひばりがそらでさえづってゐた
すると　一羽が
ひらひらとわたしのあしもとへ
一間ばかりのところへ　とんでおりた
わたしは　ふと
血(ち)のしたたるように生々(なま)しい
幸福の一片をみたようにおもった

（「欠題詩群（二）」）

秋曇りの九月十日（二〇一五年）、東京都町田市相原町にある、八木重吉記念館を訪ねた。深い緑に包まれた生家の隣に建てられた小さな蔵が、現在、記念館として開放されている。広々とした庭には、草の香りに満ちた風が吹き渡り、たくましく伸びた竹林が蔵の背後に揺れていた。農家の次男として生まれ育った原体験、土地の精霊たちとの豊かな交感が、詩の源泉であったと改めて思う。

蔵の中には、重吉の直筆原稿、著作、写真、油絵、デッサン、重吉の子どもたち、桃子や陽二の驚くほど達筆な習字など、多くの資料がひっそりと置かれていた。高村光太郎や草野心平、重吉の周りに点在した人々の文字の息吹と共に、八木重吉の小宇宙はやはり慎ましやかな優しさに満ちていた。特に、柔らかなリボンで止められた、手のひらに乗るほど小さい手製の詩稿の束は、詩を純粋に愛した人の、こころの在り方そのもののように思えた。草野心平が語った重吉の面影を思い浮かべながら、しばらくの間、モノクロームの顔写真を見つめていた。「八木重吉は写真でみても分るやうにさびしい顔をしている。………中略………近代人の顔といふものはいろんなものが入りまじつてゐる。意志だとか智慧だとか混沌だとか社会だとか哲学だとか、もつて生れた面相のなかにそんなものを同居させなければ承知しないやうな仕掛けにでもなつてゐるかに思はれるが、八木重吉の顔は純粋にさびしさ一本である。」(『八木重吉全集』別巻)。

記念館を後にすると、急にどしゃぶりの雨になった。重吉の詩はよく愛唱されており、最も多く歌われている詩は「雨」だと聞いた。別れを惜しむかのごとく、アスファルトを叩く雨音に、重吉の、かすかな声を聞いたように思った。「雨のおとがきこえる／雨がふってゐたのだ／あのおとのようにそっと世のためにはたらいてゐよう／雨があがるようにしづかに死んでゆこう」。私自身も、今日明日の、日々の呼吸を怠らぬよう、そっと働いていよう。駅へ向かうバスの車窓から、わずかに明るみ始めた秋空が見えた。重吉が愛した季節が刻々と深まっていく。かなしみの詩人が生きた確かな証しのように。

むんむんする青いメロン、●（まんまる）が熟すとき。

——草野心平

ぐりまの死と●、時の風にめくられる教科書の、遠い残響と共に蘇る詩人は、あるとき焼き鳥屋を営んでいた。トマトケチャップ風ボルシチを「夕焼」、中国料理の牛乳白菜を「白夜」、日本酒を等級順に、天、耳、火の車、大地、鬼は焼酎、泉はハイボール、麦がビール。婦人用のサイダーは息と、ポエジーあふれるメニューに目を光らせながら。「文学における独自といふやつは、いつでも強烈な個性とそれに相応しい生活がなければ、独自な存在にはなり得ないといふ、昔から普遍した象度ともいふべき原則が、特に詩の場合にはある。」(「詩精神の背景」)。むんむんする熱い煙に身を包みながら、店の主人は、昏い内部に「詩人」を住まわせつつ、寄せくる貧しさを噛み砕いて進む。その生のリアリティが、エネルギー溢れる豊かな詩を生み出し続けた。

「蛙」と「富士山」の詩人。「心平さん」と親しげに呼ばれた草野心平(一九〇三〜一九八八)、その存在を、大きく象れば、代表作の煌めきと共に、その表現に違和はない。だが、草野の詩を読み込めば読み込むほど、私の中に巨大なマルが浮かび上がってくる。●、●、●。燃える命の噴出を内包したまんまるである。その●は、時にオタマジャクシの卵であり、冬眠という作品であり、血達磨の太陽であり、失った一つの目の、光あるいは闇であり、究極には我々の住まう星、「地球」の姿である。

弓なりの。
月の天末線からするり。
メロンのやうな青い。
まんまる。

地球がせりあがる。

あばたの。blue-grayが。
宇宙天にぽつねん浮きあがる。

（「地球」）

その真上に心平さんは乗っている。蛙の姿、鳶の姿、時に鯉、あるいは、季節を彩る花々や、どうと眠る石の姿となって。動物も植物も鉱物も人間もみな同列の命の華やぎを持ってそこに在るのだ。
　草野の詩を初期から晩年まで追っていく。そこで驚かされるのは、詩のスタイルに大きな変化がないことだ。細やかなリズムの変質、モチーフの変遷はあるものの、オノマトペあふれる草野節は、最初から最後まで、独自のリズムを崩すことなく、おおどかに貫かれている。特に晩年、一九七四年から一九八六年まで（七十一歳〜八十三歳）ほぼ毎年発刊された年次詩集（『凹凸』から『自問他問』）の円熟した詩作品は、無駄のない端正な造本の在り方と相まって、詩と人生双方の、老いと成熟への含みある指針を与えられる。年次詩集第一冊目の『凹凸』から、オノマトペの大らかな響きが印象的な「海」を引く。

億億の。
毛の生えた貝の微塵卵（みぢんらん）が。
チリー沖のインディゴの流れにのつて。
流れ。

ボガァーン。

海は裂け。

**ボガボガボガボガ。**
岩漿(マグマ)はうねり。
水蒸気は海面(うなづら)からヂカに白雲のもくもくになつて昇りひろがる。

ベエリングの氷の群は。
南に向つてキシキシきしみ。

アハウドリ。
ゆんゆん。

「ボガァーン」は、ポイントが他行より大きく強調され、視覚効果と共に裂ける海の激しさを表現している。白雲の「もくもく」や、氷の「キシキシ」、アハウドリの「ゆんゆん」など、肩の張らない軽妙なリズムは、ユーモラスな詩世界の達成を読み手へと伝える。
スタイルへのあるいは言葉への明確な意思の構築は、草野に大きな影響を与えた十七歳から二十二歳までの、広州嶺南大学への留学体験の中で培われたものだ。

日本語を構成する平仮名と片仮名とそれから漢字。日本語の構成分の半分が中国語であるといふこの現実、この亜細亜的性格の研究と追及とそこから生れるべき積極を考へずに世界を睥睨するやうな詩は生れつこない。………中略………日本のスタイル。亜細亜のスタイルを創るのである。

（「混沌の中からの新しい動向」）

これと同じ考えを、旧仮名への回帰表明と共に、『凹凸』の後記にも綴っている。「日本語ほどの独自性をもつてゐる言葉は全く他にはないといつてもいいのではないかと思ふ。男性的な漢字と女性的な平假名とシユリケンのやうな片假名とが入り混つて独得なニユアンスをつくつてゐる。」。片仮名を「シユリケン」となぞらえる部分がいかにも草野らしい。また、日本語の音に対する敏感な感性も、北京語、英語などの外国語に触れる中で豊かに形成された。草野自身の日本語の朗読をスペイン語に似ていると指摘された体験から、「メロディアス」な日本語の姿を再発見したという。

そして、草野の詩の最大の特徴は斬新なオノマトペだが、一見、何の準備もなく発露されているかに見える自在なことばの背後には、硬質な詩的論理が張っている。「擬音は音の再現でもなくまた音そのものでもない。それは内部律の音化といつてもいいし、真実が音に化けて表現されるものといつてもいい、さうした化物である。」（「生きてゆく擬音」）とし、「言葉は道具でもあるが生物でもあ」り、「人間を軽蔑すると復讐されるやうに言葉を甘くみると言葉は近寄らない。近寄らない言葉を近寄らせるには強引な電磁力も必要になる。」(「私の詩作について」)と、ことばという生命体への、厳しくも明らかな態度が、行を立たせているのだ。

知性を裸のまま曝すのではなく、焼き鳥のタレを仕込むように、長い時をかけて内部へと熟成させる。その上で、国際色豊かなウィットを内包した、人間存在の哀しみと孤独とをスケッチすることの巧みさに敵う者は、草野の他にはいないだろう。

依然オレ。
デリシャスを凝視る。

　地球いま。
　動きつつあれども。
　不動靜謐。

〈デリシャス地球に似たり。〉

病室にオレ。
いま獨り。

そして一個のデリシャス。

（「一個の林檎」）

デリシャスという英語の響きと片仮名の軽やかさ、それに対峙する林檎の、あるいは地球の重さ。存在の軽さと重さの狭間に浮かび上がる「獨り」であることとの空漠。一個の林檎を見つめる時、一瞬ちらつく「死」は、動かぬ靜謐と共にどこかほの明るい。そして何の虚飾もなく立つ木々の美しさを描いた作品には、草野特有の句点が、緩やかな呼吸の停止を呼び込んで、はっとする素朴な自然の美を感じさせ、喜ばしい。

落葉樹群の冬の裸は美しい。
莖も葉も枯れはてた草たちの土のなかでの生活も美しい。
それらの毛根は逆立ちして太陽光をもつと眞近に受け。
雪や霙の汁も吸ひたいだらうがジッとあるがまんまにまかせてゐる。
裸の樹木は常綠の仲間をうらやまない。
どころか。
裸をむしろ誇りとする。

横なぐりの霰や雹の陣陣の寒さにむしろ熱し。
寒さのなかで炎える樹木たちの内部の修身。
また。重たい雪をどてら代りに。
白い冷たいどてらにくるまつたままでガラスの天にのびあがり。
むしろ喜ぶ凄烈さは。
實に。全く美しい。

（「全く美しい」）

故郷、福島県石城郡上小川村を、「ひるまはげんげと藤のむらさき。／夜は梟のほろすけほう。」（「大字上小川」）と表現した草野。自然豊かな故郷のむせかえる草の匂いは、あらゆる生命の息遣いを敏感に感じ取る本能的な力をこの詩人に与えただろう。草野は「むんむん」という表現をよく使っていた。それは、温かな息の姿、生命の熱気である。これは何だろう、と驚かされる奇想天外な詩のタイトル、「ややややややややぷはっ」も、生きる呼吸の大いなる展開の一つであろう。「滅多に死ぬか虎のふんどし／死んだら死んだで生きてゆくのだ」（「ヤマカガシの腹の中から仲間に告げるゲリゲの言葉」）と、とことん生にこだわり続けた粘り強い詩行の歩みは、老いの日々、愛するone cupの杯を重ねながら、しなやかに円熟してゆく。この青い地球、●を遠く眼差しながら。

地球さま。
永いことお世話さまでした。

さやうならで御座います。
ありがたう御座いました。
さやうならで御座います。

さやうなら。

（「婆さん蛙ミミミの挨拶」）

「地球さま」と優しく呼びかける、婆さん蛙ミミミの背後には、「人間よもう止せ人間を。」（「大小動物世界連邦會議に於ける共同宣言」）と自戒を呼びかけるもう一人の草野がいる。地球上に起こる争いは、人間世界のみのことであろう。遠い日、時代という名の落とし穴に潜った生命讃歌とは裏腹の戦争詩の影は、草野が「人間」であった、やむを得ぬ若き日の証に映る。婆さん蛙ミミミの感謝と別れの言葉は、幼い頃、教科書をかじったり、人に咬みついたり、祖父である高蔵じいさんの禿げ頭に切手を貼ったり、大人になれば顎がしょっちゅう外れたりする、忙しなく生きる業を抱えた詩人の、詩作という長く孤独な苦行からの慈悲深い解放を示唆するかのようだ。

二十二歳の夏、草野は詩人タゴールに会った。「強力で深いポエジイそのもの」と感じた詩人の姿は、草野の原点になったに違いない。

> タゴールは鼠色の木綿の大きなガウンのような服をまとい、素足にサンダルをはいていた。白髪白髯、深淵のような静けさと、そして悲しさとはげしさをたたえて、うるむように光ってる瞳。鈴の音のように透きとおる声。いやに冷たい感触の、そしていやに熱っぽいその握手。タゴールの貌は実に美しかった。深い海にひきこまれる、そんな美しさだった。
>
> (「孫文とタゴールとの出会い」)

若き日に見たタゴールの印象を綴った文章は、新鮮な風が吹き抜けるかのごとく清冽で美しい。タゴールは、〝I represent the voice of Asia.〟(私はアジアの声を代表します)と語ったという。その声の響きは、亜細亜的性格を深く持つ日本語を母語とする青年の内部に「人間の傳統の血の音」（「静謐」）の覚醒を招いたことだろう。

　伝統と革新とを併せ持った草野の詩の形象、●は、日本の詩の歴史に置かれた、死と再生を孕んだアバンギャルドなピリオドである。句点は、次のセンテンスへの大きな足掛かりだ。私たちに拓かれた余白が、むんむんする青いメロン、●の先に確かに存在するのだ。一匹の虱(シラミ)から宇宙大に拡がる草野心平の魂の呼吸は、幼い日の道草に似て、いつもどこか懐かしい。詩という無償の遊戯にあけくれる私たちの旅は、「日本(ニーホン)」という心平さんの呟きと共に日本砂漠の闇のなか、続いてゆくのだ。るるる、るるる、るるる、ぎやわろッ、眠ることなく。

# 若葉とおっとせい

──金子光晴

厭世を習慣としてきた後ろ向きのおっとせいが、生の終末期を迎えようとした時、ふと振り返ると、そこには、つぶらな瞳の赤ん坊、若葉がほほえんでいた。

森の若葉よ　小さなまごむすめ
生れたからはのびずばなるまい

（「森の若葉　序詞」）

世界放浪と女との関係性を起点として、多面的な詩作品を数多く残し、ことばをスパークさせた金子光晴（一八九五〜一九七五）の晩年、孫に向けて書かれた詩は、初々しい命の輝きに向け、素朴な喜びに満ちてほほえましい。金子の若き日の作品に在る、常に「尖ったイメージ」とは対極にある、新鮮で柔らかな言語の営みに魅かれる。一九六七年、七十二歳の時に上梓された『若葉のうた』（一九六七）は、それまでの金子のイメージを裏切り、わかりやすい詩であることへの批判を受けつつも、金子は、『鮫』（一九三七）、『蛾』（一九四八）、『IL』（一九六五）、『花とあきビン』（一九七三）と同列の仕事であると明言している。一つの新しい命を見つめるまなざしは、無償の愛情を根底に携え、世界と人間との普遍的な関係性を掬い上げることに成功している。

空宙にちりおちる花びらよ。この手のひらにとまれ。
とまったその花びらは、ながめてゐるひまにまたどこかへ　風にはこばれて飛ぶ。

愛情はうつろふもの。いのちもたまゆら。また、いかなる所有も、
身邊に堰かれて　しばらく止まるだけで、時がくるのを待って、淙々と水音を立てて走り
去る。

『若葉』よ。その新しい血にも、出發があり、どこかしらないがゆく先がある。
父も　母も　祖父母も不安げに見送るが、そのゆく先はわからない。
たとひ　幼女の頭腦が、むづかしい代數問題を解かうとしてゐるにしても、
ちりぎはの變化の方則はさがしあてられさうもない。

花よ。できるだけ大膽に、かをりたかく咲け。そして、聰明であれ。
だが、それよりももっと、嫋(たを)やかであれ。

（「花びら」）

滔々と流れゆく日々の中で、一瞬、地球の手のひらにとまった一枚の花びらこそ人の命、その儚さを憂いながらも、「聰明であれ」、「嫋やかであれ」、と謳い上げる金子の力強い呼びかけは、大らかな父性を感じさせる。

太陽は當分、頭のうへにあるだらう。人間のしめった足のうらは、あひかはらず
地面に吸ひついてることだらう。でも『若葉』の時代の人類は
もうすこしは利口になって、世界は風通しよくなってゐるかもしれない。

（「十人の『若葉』」）

明治、大正、昭和と、激動の時代を潜り抜け、戦乱の圧力に抗して詩を紡いできた金子の、内なる願いが柔らかに滲む。孫の未来を通して人類の行く末を案じることばには、現在の不穏な世界情勢にまっすぐ通じる切実なリアリティがある。金子、二十八歳の時に出版された『こ

がね虫』（一九二三）の、ヨーロッパ体験が色濃く表れた絢爛な言語美の小宇宙から、様々な文体の変遷を経てたどり着いた凪のリズムは、温かな血の流れる肉感的な呼吸がみなぎっている。詩人自らの豊富な実体験を糧に、時代の風を敏感に感じ取りながら、奔放に筆を走らせた金子の詩業を見る時、流転する魂の淋しさを凝視し、時にほの暗いニヒリズムに苛まれ、ことばの矛先が光を見失う瞬間を持ちつつも、金子の詩の根源には常に、人間の尊厳を見出そうとする、揺るぎない意志があふれている。それは、人間存在の終わりなき営みに、ことばを通して耳を傾け続けることだ。

洗面器のなかの
さびしい音よ。

くれてゆく岬（タンジョン）の
雨の碇泊（とまり）。

ゆれて、
傾いて、
疲れたこころに

いつまでもはなれぬひびきよ。
人の生のつづくかぎり
耳よ。おぬしは聴くべし。
洗面器のなかの
音のさびしさを。

（「洗面器」）

洗面器にまたがる女たちの温かい尿と降り注ぐ雨音。決して降りやまない音色の生々しい実在を白紙に刻む。生きとし生けるものが持つ存在の淋しさへの、静かな諦念がひそやかに伝わってくる。そして、その音の根源、「女」という存在に対する金子の異様なまでの執着と関心は、『愛情69』の、なにげないフレーズに集約され、ほのかなエロティシズムの中に真実がほの見える。

いくたび首をひねつてみても、
男と、女がゐるだけだ。

その女と、男の思案が
ながい歴史をつくつてきた。

男の箸と
女の箸とで
世の仕合せを
はさむといふ。

（「愛情32」）

「世の仕合せを／はさむといふ。」男と女の「ながい歴史」。女の存在は、金子の詩と人生を鮮やかに彩った。私生活では、生涯のパートナーとなった、作家、森美千代との繰り返す結婚と離婚、詩人志望の大川内令子との恋愛など、時にスキャンダラスなそれらのエピソードは、詩人になまめかしい色艶を与えた。しかしながら、詩のことばは、どっぷりと湿度のある関係性の泥沼から抜けた、乾いた官能性に変換され、言語としての「肉体」は、より滑らかに洗練されてゆく。流浪の日々に寄り添った女たちと、幾度渡ったか知れないシーツの雪原。そこに落ちた一本の落毛の視点から語られた男女の営みは、原罪を背負って生きるアダムとイヴ、人間たちの、どんなに愛し合ってもいずれは離れてゆく宿命を哀切にユーモラスに謳い上げ、忘れがたい印象を残す。

　必死に抱きあつたままのふたりが
うへになり、したになり、ころがつて
はてもしらず辷りこんでいつた傾斜を、そのゆくはてを
落毛が、はなれて眺めてゐた。

　やがてはほどかねばならぬ手や、足が
糸すぢほどのすきまもあらせじと、抱きしめてみても
なほはなればなれなこころゆゑに
一層はげしく抱かねばならなかつた、その顚末を。
………中略………
　落毛よ、君からぬけ落ちたばかりに
君の人生よりも、はるばるとあとまで生きながらへるであらう。それは
しをりにしてはさんで、僕が忘れたままの
黙示録のなかごろの頁のかげに。

（「愛情69」）

『愛情69』というタイトルで書き連ねられた連作を追ってゆくと、金子の生涯は、常に愛し愛されることへの根源的な希求、あるいは懐疑に満たされていたように思える。時を遡って生い立ちに目を移すと、愛知県海東郡越治村、大鹿家に生まれた金子は、実父の事業の失敗から、口減らしのために、建築業を営む金子家の養子として、京都、東京と、住まいを転々とする環境のもとに育った。帰属する温かな故郷を持たない幼少期は、後の、世界を放浪する精神を自ずと養ったといえよう。愛という源を求めて彷徨い続けるアウトサイダーとして、独自の視点で世界と対峙し、群れや常識から脱して自由に生きることは、まさに生粋の詩人として生きるしかない運命を感じさせられる。孤独の裡にしか花開かぬ反骨のことばの花を、虚空へ向けて咲かせ続けたのだ。

だんだら縞のながい影を曳き、みわたすかぎり頭をそろへて、拝礼してゐる奴らの群衆の
　なかで、
侮蔑しきったそぶりで、
たゞひとり、
反対をむいてすましてるやつ。
おいら。

おっとせいのきらひなおっとせい。
だが、やっぱりおっとせいはおっとせいで
たゞ
「むかうむきになってる
おっとせい。」

（「おっとせい」）

「人生は花の如く淋しい海の流転である。」（「水の流浪」）とは、金子の内奥に垂直に立つ核となる信念だ。その寄る辺ない淋しさへの不意打ちのように、孫の若葉は出現し、金子の心を揺さぶった。「その子を抱きあげはしたものの／僕は、そこらをうろつくばかりだ。／世界は　こんなにひろいのに／どこにもこの子をおくところがない。」（「ENVOI」）。世界中の、どこにも置くところがない命は、金子自身の存在、魂そのもののことであったのではなかろうか。常に流され、失われゆく人間存在の痛みを充分に知るがゆえに、目の前に奇跡のように訪れた命に、かけがえのない愛おしさを感じて止まなかったのだろう。そして、「詩が本來、人の心と心とをつなぐ言葉の藝術であり、この世界の理不盡をはっきりと見分けられるためのジムナスである以上、愛情を正常にとらへ、愛情のもつエゴイズムと、その無償性を示すことは、藝術、特にここでは詩のもつ重大な意義と僕は考へてゐる。」（『若葉のうた』跋）ということば通り、自らの裡にあふれる情念を、常に詩の尊厳という篩にかけ、一貫した理性を持って作品へと昇華させる時、詩のことばは、力強いリアリティを持って私たちへと届くのだ。
金子、二十四歳の時、金子保和名義で上梓された第一詩集『赤土の家』（一九一九）は、初々しく青年らしい向日性に満ちており、『若葉のうた』の詩世界とメビウスの輪のごとく繋がっているように思える。第一詩集に胚胎された、詩人としての天性の感受性の煌めきは、すでに重要なモチーフを秘めて息づいている。やわらかな瑞々しい自然をめでる瞳の向こうに、やがて己の人生の遠い未来に訪れる、萌え出ずる輝かしい「若葉」を、見ていた。

あゝ、
五月の若みどり、
この野のみちを歩むとき。

晴れあがる空、
…………
ふりそそぎやまぬ陽の光り。

このこゝろの闇と云ふ闇をつらぬいて、僕らのはらわたのどん底まで………

若葉がこぼれる。

（「深緑の野」）

# 火星からやって来た男

――小熊秀雄

時代という渦の中に、放り込まれた孤独な一つの台風。暴力的な力を持ちながら、どこかユーモアと繊細な波を携え、去れば何事もなかったかのごとく、美しい青空がのぞく。異星から飛び込んできたかのような風貌の、黒い澄んだ目をした男は、カオス的存在感を持って、詩の暦に佇んでいる。その謎めいた魂の中心、台風の目は一体どこにあるのか。

北海道小樽市に生まれた小熊秀雄（一九〇一～一九四〇）、三十九歳で逝去。その短い生涯の内に生れた多彩な作品の群れに触れると、次々と変身することばの立ち姿に驚かされる。生前刊行された詩集は、『小熊秀雄詩集』（一九三五）、長編叙事詩集『飛ぶ橇』（一九三五）の二冊のみだが、その表現方法は、詩だけではなく多岐に亘った。そのあふれくることばの熱は、疾風のごとく読み手の内奥に飛び込んでくる。しかしながら、ページを閉じると、不意に一抹の寂しさを覚えるのだ。台風一過とでも言ったように。

海に囲まれたこの島国で

私は三十五年間
現実と和睦してこなかつた

（「人生の雑種として」）

触れてくれるな、
さはつてくれるな、
静かにしてをいてくれ、
この世界一脆い
私といふ器物に、

（「孤独の超特急」）

小熊の出生、幼少時代の記述は、ほの暗い事象に彩られる。洋服仕立人であった父三木清次郎と、母小熊マツとの間に生まれた秀雄は、当時、入籍していなかったマツの私生児として戸籍に記載される。（その事実を徴兵検査時に知り、大きな衝撃を受ける）実母を三歳で失くし、小学校時代、稚内、樺太、豊原、泊居など、住まいを転々とした。さらに、少年時代から、様々な職業を経験し、独立の生活を営んだという。養鶏場の番人、農夫、昆布採集人、木挽き人夫、呉服屋の店員、製紙工場の労働者（工場の機械に右手の食指と中指をもぎ取られる事故に遭う）、新聞記者。これらの労働体験は、小熊のアイデンティティの形成に大きな影響を与えただろう。精神の拠り所となる確かな場を持たず日々を乗り越えて行く、時に厳しい営みが、流浪する魂を持つ孤高の詩人を生み出したと言えよう。そして、これらの過酷な労働を精神性へと昇華し、血肉化する道のりが、小熊の詩の歩みではなかったか。中野重治は言う。

生活を歌つたというだけでは足りない。生活へのはたらきかけを歌つたというのでも足りない。………中略………彼は、日本の詩に哲学を引き入れたのであつた。彼は、それを、北海道でのあらゆる流浪（るろう）のなかで、手あしをはたらかせて飯を食うという生活のなかでえた人間（にんげん）と風景とをとおして引き入れたのであつた。あらゆる奔放が彼において投げやりに外（そ）れなかつたこと、あらゆる孤独と突進とが彼において無目標に走らなかつたことは、あらあらしく、ときには人間蔑視的にさえ見えながら、人間にたいする彼の関係が血液的に温（ぬく）かつたことを示している。

（小田切秀雄・木島始編『小熊秀雄研究』）

そして、小熊自身も、アルチュール・ランボー論の中で、自らの詩意識についてこう語っている。「日常的に人間としての苦しみの振幅の広さをもつた詩人のみが原稿紙に向つた瞬間に、始めて詩といふ短かい形式の上で最も衝撃的な形で、人間の力に依つて時間性を組みふせることができるのである」(「アルチェル・ランボーに就いて」)と。

時間に侵食されない普遍という手綱を詩の根底に密やかに組み込みながら、常に目前の時代と生活を凝視し続けた。そのまなざしは、あるべき人間存在の姿を見出そうとする鋭い意志にあふれ、読み手を惹き付けるのだ。

仮りに暗黒が
永遠に地球をとらへてゐようとも
権利はいつも
目覚めてゐるだらう、
薔薇は暗の中で
まつくろに見えるだけだ、
もし陽がいつぺんに射したら
薔薇色であつたことを証明するだらう

(「馬車の出発の歌」)

今現在も、新鮮な響きを持って届く「権利」ということばは、希望とも尊厳とも読み換えられるだろう。プロレタリア文学運動、その勢力が分断、衰退し、国が否応なくファシズムに傾いていく中で、小熊は、個の力の及ばない時の圧力、その暗黒の向こうに、真実を見つめる目を手放そうとしなかった。真の薔薇の鮮やかな色を見ようとする勇気を持ち続けることは、まさに戦いであっただろう。その戦いは、時にやるせない哀感を持って、当時の文壇と向き合い、家族を養うという現実的生活と、折り合いをつける作業の中にも続けられたように思う。

私は将に戦ひの享楽児だ
たたかふことの生涯のためにのみ
詩人といふ言葉はゆるされるだらう。

（「気取り屋に与ふ」）

あゝ、面白くもない人間の名前を詩で飾る僕の運命を悲しんでくれ
神が、私にこの仕事を与へ給ふた。
人間はその生れた土地の水と土とでできてゐる。
**井伏鱒二**は感傷と愚痴でできてゐる。
**深田久弥**は朗吟調の人生をもつてゐる
そして彼はなかなか作文家だ。
あなたの小説は嫌ひだが

眼は好きです**円地文子**よ
だが惚れることは差控へよう
あなたは散文的に恋愛をするさうだから。

（「文壇諷詩曲」）

多くの諷刺詩に見られるエキセントリックな表現には、小熊独特のリズム感がある。皮肉に満ちた表現も、その軽やかな抑揚で一気に読ませる魅力があるのだ。菅原克己が書いた、ある朗読会のエピソードは、小熊の人となりが垣間見え、印象深い。東京池袋界隈の詩人たちの集まりでのこと。髪の毛がモジャモジャで、上と下がつなぎになっている労働服みたいなものを着た小熊は、朗読する順番が回ってきたとき、そばにあったメニューをひょいと取り上げて朗読し、それが一篇の即興詩になって面白かったそうだ。ラーメン、ワンタンメン、チャーシューメン、シューマイ……。そして、「詩の全体としては、自らも言っていたプロレタリア詩人の道なのだけれども、しかし童話も書き、絵も書き、というような多才なものも感じられるわけです。その多才なものは、そこだけで浮かび上がらずに、つねに民衆という一つの心棒を持っていたということは、やはりケタはずれの芸術家、かえって高貴な芸術家の生涯だった」（小田切秀雄・木島始編『小熊秀雄研究』）とする菅原の「民衆という一つの心棒」という形容は、まさに小熊という詩人の核を言い当ててはいないだろうか。民衆の姿を描いた作品で最も完成度の高い「ヴォルガ河のために」は、抒情と叙事を融合させ、壮大なイマージュを喚起させる。常に歴史に埋もれる一塊の百姓の血と汗、哀しみと気高さを、無限の水の流れと共に描き切っている。

お前は怒つた、
歴史を流す河として
さまざまの事実を正しく反映した、
いまヴォルガ河よ、
沈着な河として
私達の喜びをお前へ披露することができる、
岸に倒れた百姓は
ロシアの百姓であつて
また決してロシアの百姓ではなかつた、
世界の百姓として――、
ヴォルガ河を枕として永遠に眠つた。
すでにして月は
イルミネーションとして君を飾る

君の沿岸に咲く野花の
なんとことごとく君の為めの花輪であらう、
すべてを冷静に眺めてきたヴォルガよ、
沈着な河、ヴォルガよ、
君はいま歴史を貫く国を
貫ぬいてゐる、
正義の河と言へるだらう。

幼少期の、計り知れない孤独と淋しさとは裏腹の、饒舌体を武器に、プロレタリア詩人としての印象を強くする小熊だが、生真面目さと奔放さ、アンビバレントな内面を自らコントロールすることは、生涯難しかったのではないか。成熟を覚えない心身の高揚の持続が、彼の魅力であったと思うが、生身の生活は、激しい痛みに満ちたものだったに違いない。その事実を踏まえて、残された表現のフィールドを見つめる時、社会や政治、時代状況と常に拮抗し、戦った詩人であることを超えて、寄る辺ない人間存在の一人として、生きることの尊厳を証し立てるために、あらゆる不条理と戦い続けたと言えよう。時に、抒情詩、諷刺詩、あるいは、叙事詩、絵画論、評論、小説、童話、絵画やデッサンなど、表現方法を自在に変転させ、労働の場を次々と変え、いくつもの筆名を使って自己の顔を変えながら、己の肉体と精神を通過して現れ出る物すべてに、確かな生の刻印を打ったのだ。

しかしながら、これらの創作の中でも童話や漫画台本など、独特のSF的な発想やユーモアを携えた少年らしい明るさを持つ作品には、想像の翼を自由に広げようとする伸びやかな呼吸が感じられ、新鮮な可能性を感じる。

死の直前に旭太郎名義で書かれた漫画台本『火星探険』には、人間存在の自由と解放を象徴する雄大な理想の運河が描かれている。まっすぐに流れる運河は、すべての民衆の一人、小熊の誠実と正義を生きる確かな証のように、煌めく水を宇宙へ向けて流し続けることだろう。

火星からやって来た男は、地球をひと時満喫した後、再び、ここミルチス・マヂョル市で汗水たらしてトマト畑を耕しているかもしれない。火星人は、トマトしか食さない。美しい運河の水がトマトを育てるらしい。新鮮な酸味と甘みは、やがて異星の人を育み、ふいに時満ちて、小熊と同じ魂を持つ眷属のひとりを再び地球へと送り出すかもしれない。生を耕すリズムを携えた人、鎌を筆へと持ち替えた、淋しい異種の人間として。

1　これから　市街を御案内いたしませう

ここの街は　なんとういふのです

2

火星の首都です　ミルチス・マヂョ
ル市といふのです

3

ごらんなさい　この素晴らしい火星
の運河を

大きいなあ

なんて立派なんでせう

この運河はまつすぐだい

# レモン色の車輪に乗る、薔薇の人

——多田智満子

詩を書くことの迷宮には、入口も出口もない。宇宙の深淵から引かれるように、ポエジーを欲する魂は、アリアドネーの糸を模索しつつ、永遠に虚の伽藍を紡ぎ続ける。ことばの海は広大無辺だ。時に荒波に飲まれ、不意に難破する「書く私」。掬い上げる神々しい光は、いつも薔薇の匂いに満ちている。

夜のひきあけ
海はしずかにまどろんでいた
難破したひとつの船を
よみさしの祈禱書のようにむねに伏せて

（「嵐のあと」）

「ひとつの船」である私を、大きく包み込む海。確かな羅針として位置する詩人、多田智満子（一九三〇～二〇〇三）の存在を、どう表現すればよいのか。どこまでも典雅で美しい、独自の形而上学に貫かれた仕事を、集約することばを未だ持たない。天と地を自在に往還する知の翼は、詩、翻訳、エッセイとジャンルを超えて、生涯揺らぐことなく羽ばたき続けた。端正なことばの連なりは、古今の人類の歩みを大らかに俯瞰し、長い時のスパンを悠々と飛躍して佇んでいる。

すべては流れるといったとき
人はどんな表情をしていたか
エフェソスの河のながれは
江戸川の水につながる
水車はまわり風車はまわり
ひまわりはまわりおえて枯れる

（「パンタ・レイ」）

この知的な少女が、ものを考え始めたのは、十二歳頃、同じ年頃の友だちには、異人種扱いされたという。まず、「無限」という概念について考えを巡らせたとはいかにも多田らしい。目に見える星空の彼方に、まだ限りなく星雲を擁する宇宙が拡がっているという「空間の無限という想念」に苛まれ、一方「時間の無限」については、自分の生の時間を前後に延長したり、四季の循環という形で円環状をなすとも考えられ（当時の多田は円環状の時間がギリシア的時間概念とは知らなかったが）空間の無限ほどには悩まなかったとは、なるほど鋭い分析である。時間や空間の「無限」という目くるめく感覚を、ことばにすることは難しい。しかしながら、ことばにして初めて人は認識への手綱を持つ。特異なものの見方や存在の不安を言語化しようとする本能的な欲求を見ると、内なる詩人はこの時すでに産声を上げていたと言わざるをえない。当時の愛読書は、『平家物語』と『プルターク英雄伝』。古歌や和漢の故事を織り込んだ謡曲に親しんだ日々は、多田の流麗な文体を形作る基盤となったのだろう。また、戦時中、女学校三年の時、母の郷里である滋賀県へ疎開し、青田にわたる風や蛙が鳴きしきる美しい自然に包まれてゆるやかな時間を過ごした。時世を離れて、エピクテトスやセネカをひもとく生活は、多田いわく「閑雅な諦念」という精神的態度を育んだという。ともあれ、時代の狂気に、瑞々しい感受性を殺されずに済んだことは、文学を逍遙する運命を持った少女には恩寵とも呼ぶべき幸運だったたと思う。

戦争が終わり、再び上京、東京女子大学外国語科、慶応義塾大学文学部で学び、後に、同人誌「未定」に参加。矢川澄子や澁澤龍彦らと交流を持つ。幻想と夢魔の仲間の裡に花開く、涼やかな横顔の女神は、結婚とともに神戸、六甲山麓へ移り住み、二人の子を育む母となった。神戸という土地に暮らした多田を思うとき、ある一篇の詩が思い起こされる。

山からおりてきた伯母が
植木鉢を棚にならべて
まだひわひわした嬰児の頭を栽培している

——ごらん　まぶたの隙間から
　みどりの芽が覗いているよ

毎朝　如露でかけている
ぬるいミルクやうすい重湯
時には　やけどするほど熱いのを

——そのうち　どの鉢に
　どんな花が咲(わら)うか
　　たのしみ

にんまりとわらっている

（「栽培」）

124

時は一九九七年、夏の日、ふらりと立ち寄った本屋で、雑誌「文學界」を開いた。ページをめくり、多田の詩を読んだ瞬間どきりとした。当時メディアを騒がせたある事件※を想起したからだ。神戸に暮らす詩人の目に映った社会的事件が、地上的倫理では決して測れない、文学のフィルターを通過して構築され得たのではないか。書き手の意図は定かでない。しかしながら、メタファーの背後に、詩作品の根底に、今ここにある事象の痛みと人間存在の不条理を見る思いがした。詩は時代を映す鏡であると、その時強く感じたのだ。そして鏡は、多田の得意とするモチーフである。『鏡のテオーリア』（一九七七）は、多田の初めてのエッセイ集、映す機能と輝く呪術性を持った鏡の世界、一歩踏み込めば、たちまち思索の迷宮へと誘われる。澁澤龍彦は多田の文章を「イメージと思考とが親密に手を取り合いながら、カドリールのように典雅に、軽やかに、明るく展開してゆくところに何よりも魅力がある」と書いている。情念をきれいに拭い去った曇りのない観照は、ことば自体が輝きをもってまぶしいほどだ。

……鏡はすべてを容れる。森羅万象を映し、森羅万象を映す心を映す。鏡をめぐるトポスは無際限であり、鏡の観照（テオーリア）には終りがない。

（「序」）

……観念された鏡とは、つまるところ、増殖と反復とを基本原理とする一個の宇宙であって、この世界に正確に対応する言語はおそらく果しない類語反復(トートロジー)に他ならないであろう。鏡は一個の閉じられた無限宇宙なのだ。

（「跋」）

終りがない「無限宇宙」というイメージは、常に多田の詩の核に織り込まれている。詩集『薔薇宇宙』（一九六四）は、多田、三十三歳の時、精神医学の実験のもと、ＬＳＤ服用による幻覚で見た一輪の薔薇を描いた異色の作品だ。薬が利いている間中、目を閉じた多田の視界に、肉色の薔薇は、左から右へ旋回しながら、たえず花開き続けたという。この体験を記したエッセイでは、ダンテの薔薇型天国や華厳経の蓮華蔵世界にまで想念を広げ、思念の薔薇は、なおも咲き誇り、枯れることを知らない。

一輪の薔薇――花芯を軸に旋回しひらきつづけるこの宇宙
濃密な紅い闇からもがき出て
七重八重　天国的稀薄さに向ってひろがりやまぬはなびら
そして突然　薔薇の奥から

発生する竜巻
………中略………
宇宙は一瞬のできことだ
すべての夢がそうであるように
神の夢も短かい
この一瞬には無限が薔薇の密のように潜む

（「薔薇宇宙」）

宇宙が一瞬なら、百年足らずの人間の生は、なお一瞬の幻であろう。いつか消える夢なら、思い切り一度きりの今生を愉しめば良い。人間の果てなき想像力を駆使して自らが創世の神となって、世界を俯瞰するのだ。おはじきで遊ぶ子供を描いた一篇は、ある達観を経て、ことばという名のおはじきを自在に操る、多田自身の姿に見えてくる。

未だ無であるところの空間に向って、幼い神は掌中にかくしもった数多の粒子を散乱させる。宇宙の開闢である。赤や黄や緑や青や、色とりどりの星から成る星雲が出現し、静止する。

（「子供の領分　おはじき」）

「たったひとつのことばでさえ　心の辺境に達するまでに　いくつの迷路を経なければならないか」(「空洞の神話」)。いとも容易く踊るように見える多田の詩作にも、恐らくは隠された哀感があったであろう。けれど、湿度のある自意識はつねに掃われていて、多田のことばを追えば、いつも広やかな空間へ出ることができる。ことばに酔い、思念の波に憩うことを許される。公器としてのことばの持つ可能性が、自由に引き伸ばされて在るのだ。

多田の散文集は、タイトルをみるだけで豊かな思考の果実を思わせ、絢爛である。『夢の神話学』(一九八九)、『動物の宇宙誌』(二〇〇〇)、『花の神話学』(一九八四)、『森の世界爺』(一九九七)、『古寺の甍』(一九七七)、『魂の形について』(一九八一)、『神々の指紋』(一九八九)。その中で異色の一冊を紹介したい。『字遊自在ことばめくり』(二〇〇〇)は、多田編集によるペーソスとユーモアを含んだ偏奇な辞書。理路整然とした印象を裏切る、ちょっと居住まいを崩した多田の、無垢な少女性や茶目っ気たっぷりのことば遊びが魅力的だ。

すでに絶滅したか、あるいは絶滅しかかっている鳥類
ゆみとり(弓取)　ぞうりとり(草履取り)　ちりとり　よめとり　便所のくみとり
益鳥といわないまでもまずまず無害な鳥類
あととり　しりとり　書きとり　かじとり　にんきとり　すもうとり　本歌どり

嫌われあるいは怖れられる害鳥
あげあしとり　よこどり　のっとり　しゃっきんとり　いのちとり
最後に芸能界の真打のトリ
その他とりどり　よりどりみどり

（「鳥［とり］」）

長いほどていねい
わし
わたし
わたくし
そして最後に控え居りまするわたくしめ

（「わし［わし］」）

多田の詩世界、内宇宙は、常に豊かな生の躍動に満ち、初期から晩年まで一貫した美学を貫き、決してぶれることがない。文学の世界に徹底して遊ぶ自らを、「ことばやくざ」、「言霊（ことだま）の支配下に在る身」と記した彼女の作品は、今ひも解くと、やや浮世離れした印象を持つかもしれない。だが、ことばを持つ人類が、生を受け、移ろいゆく森羅万象とどう関わり、何を見つめ、何を思考し続けてきたか、文学の仕事に記される軌跡が、掬い上げる真理は尊い。肉体という有限の袋を被って生きる魂が、歴史の裡に積み重ねられた知の宝庫を駆使して、彼岸と此岸を自在に行き来する。そして、豊饒な虚に羽ばたくことの、比類なき面白さを感じさせてくれる詩人が今、多田の他にどれだけいるだろう。多田の詩を読んでいると、にわかに白紙が真っ青な地中海に見えてくる。どこまでも澄んだ青。そして、あふれんばかりのことばが波打つ海だ。天女の羽衣がひらひらとはためいて、涼やかな声が聞こえてくる。「いらっしゃいな。」思わず目を閉じる。私の裡にもみるみる薔薇宇宙が拡がってゆく。そう、そこには、真の詩人の手によって放られた「無限」が、みずみずしい「永遠」が、一つのレモンのように転がっているのだ。

輪切りにされるためにある
一顆のレモン

ナイフの腹からすいすい生まれる
レモン色の車輪
大理石の食卓をころがってゆく

口に含めば

あくまで酸っぱく
やがてかすかに甘い

海から採れた塩と
合性がよいのだ
粗い粒をカリカリ噛めば

まばゆい太陽車輪が
(おのれの酸っぱさに恍惚として)
轟々とシチリアの蒼天を渡るのだ

(「レモン」)

# 都市から半島へ

——稲葉真弓

今も、ふと目を閉じると、空間に凛と屹立する稲葉真弓の「聲」がよみがえってくる。

二〇一三年十月十三日、銀座の資生堂花椿ホールにおいて、天童大人プロデュース Projet LaVoix des Poètes（詩人の聲）、一〇〇〇回記念公演が開催された。稲葉は、二十三番目の出演者として壇上に上がった。清冽とした張りのある、それでいて、柔らかな温かみのある聲で会場の聴衆を魅了した。

このプロジェクトは、詩人・朗唱家である天童大人プロデュースにより、二〇〇六年十月十四日、聲の先達詩人、白石かずこの聲からスタートした。音楽もマイクもなく、肉聲で一時間、画廊空間に聲とコトバを刻む。美しい日本語を世界へと発信する主旨のもとに開催を続けている（二〇二一年七月現在）。

稲葉は、二〇〇七年六月二十六日に初参加、その後、二〇一四年六月十三日を最後に、二十三回の参加を重ねた。六十四歳という、早すぎる死から遡れば、晩年といえる七年間、小説の執筆と共に、詩のことばと空間へ放つ聲は、わかちがたく稲葉の魂の仕事として育まれ続けたと言えよう。

稲葉真弓（一九五〇～二〇一四）の代表作、脳裏に浮かぶのは、初期の作品、サックス奏者の阿部薫と、作家、鈴木いづみの半生をモチーフとした『エンドレス・ワルツ』（一九九二）、都会の海を漂流する女たちの寂寥を拾う、『声の娼婦』（一九九五）、そして、ライフワークとも言える志摩半島の世界をテーマとした『海松』（二〇〇九）、『半島へ』（二〇一一）などが印象深いが、小説世界の充実と共に、生前最後の出版となった詩集『連作・志摩　ひかりへの旅』（二〇一四）や、東日本大震災へのオマージュを主軸とする詩集『心のてのひらに』（二〇一五）など、詩のことばが深く心に刻まれる。

稲葉の仕事には、常に一筋のことばの本流として、凛とした輝きを放つ詩のことばがあった。残された詩集の数は決して多くはないが、一貫したことばの品性と官能性を持った詩語の連なりがある。稲葉の表現の根源には、常にポエジーの海が宿り、生涯枯れずに存在していたと言えよう。第一詩集『ほろびの音』（一九八二）には、現前する世界の本質を見つめ、終焉や滅びへと向かっていく時間性の中で、「うたう私」が緩やかに波打っている。

　黄色い森の奥でおもう
　太古　水であったとき
　天地創造の夜あけの乳汁であったとき

そしていま　水平の膜であるわたし
どこまでも走るものを走らせる
水平支線であるわたし
うたわれてつまびかれ　うたい
溶けるのだよ
うたうことのなかへ

（「さみしい抱擁」）

うたう唇を持つ稲葉は、構築性の高い小説を筆に宿らせつつ、「伝えるべき言葉のひとつぶ」（『夜明けの桃』（一九九一）あとがきより）を、かけがえのない真珠のように、詩のことばとして、すくい続けた。物語からこぼれ落ちる見えない生の軌跡を拾う繊細な感受性の働きが、詩の器を求め続けたと言えよう。そして、うたうことばの底流には、つねに水のモチーフが香り、時の成熟と共に、ことばの根源とも言える熟れた母音が、仄かなエロスを漂わせ、行へと浮上し始める。

わたしは自分の性器のなぜ濡れるかを知らない
あ　といい　う　といい　ああ　という

生まれたての茸のような一点の屹立や
くぼんだ場所で伸び縮みする濡れた皮膚の熱についても
語られる言葉は途切れがちで
謎はひそひそと　幾世紀を歩いてきた

（「1・だれもいないのに鳴っている」）

『母音の川』（二〇〇二）は、稲葉が五十代に入ってまもなく出版された詩集、都市生活をモチーフとした作風から、半島という未知の土地、新たな風景から見出し始めた感覚が、さまざまな作品の中で花開き始めた頃だろうか。官能の極みに発する聲や、体の奥の柔らかな水の発生こそ、謎めいた音であり、現象であり、ときにポエジーとしての光を放つ。

水は、人の体と息に宿り、息には聲が宿り、体と聲の存在の、秘めやかな交歓は、乾いた時空に柔らかな体温を生み出す瞬間がある。一九九三年に発表された小説「声の娼婦」は、「声だけの契約」を交わす男と女が現れる。電話の「声」の背後に揺らめく人の影は、現代の人工的な時空をかいくぐって、本能的な繋がりを希求する孤独の膨らみを宿し、静謐なエロティシズムの裡に描かれ、惹き込まれる。

声には姿がない。にもかかわらず私の意識に静かにもぐりこんでくる生き物だった。人格も経歴も分らないのに、抑揚だけで私はそれを咄嗟に選ぶことができたのだ。……中略……声には体温があるのだ。声の持つ何か、響きとか抑揚とかが私の意識に漠然とした像を結ぶ。

〝銀の葡萄〟という美しい比喩で記された〝耳の女〟は言う。「私は声の娼婦だ。男の声を吸い取って膨らむ夜の小さな果物。」「大きく開かれた都市の空を、無数の電波が走り回り、相手を求めて絡みあい、痙攣し、火花を散らしているのが見えるようだ。どこへ行くのだろう。」。聲は、肉体と異なり、瞬時に時空を旅する。ある種の軽さを持って宙を越え、重さを持って誰かの耳から体の中心へと届いていく。

八十年代半ば、テレフォンクラブなどの、電話を介した男女の出会いの場が多くもたらされた。稲葉の「声の娼婦」をひもとくと、人のくちびるからこぼれ落ちることばというものが、ひどく生々しくリアリティを持って感じられる。聲という生き物に深い関心を持っていたであろう稲葉の聲が、登場人物の咽喉を通って、小説の側から響いてくるのだ。

愛知県出身の稲葉が、故郷を離れて都市へと移り、猥雑なネオンサインの光の奥に生きる、男や女を、少年や少女を小説へと映し出す時、人が、己の生を、あるいは性を生きるプロセスに生じる、世界との亀裂や存在の傷みが、鮮やかに浮かび上がってくる。

『抱かれる』（一九九三）には、偽名でホテル街を回遊する、何かに満たされたいと願う少女の存在の渇きが切実に描かれ、『ガラスの愛』（一九九七）においては、実在の事件をモチーフとした異形の少年愛、多様な愛の内側に潜む心の闇が刻まれてゆく。また、健康ランドに集う人々を題材とした『水の中のザクロ』（一九九九）には、抗えない境遇にさすらう者たちが「個」という衣類を捨てて、裸の付き合いを重ねてゆく中で見えてくる心理の綾を丁寧に描いてゆく。

そこには、「私」が「確かな私」であろうとする、何者かで在りたい存在の叫びが、あやなす光と水と聲の織物となって作品化されてゆく。そして、目を射る都会のネオンサインの光は、いつしか水の薫りに満ちた螢のふんわりと優しい光へと移り変わってゆく。

だれのために光るのか　螢
湿った六月の終わりの闇に
ふいに生まれた命はあって
あれはヒメボタルだと教えてくれたひとがいる
………中略………
帰ってきたね　今年も
去年よりも明るくなって
なんの約束もしなかったのに
六月の宿命のようにやってくる

あ　また　若い光
まぶしい命　差し出されて
水辺いっぺんににぎわう

（「螢への伝言」）

九十年代、東京品川の自宅とは別に、三重県志摩半島に住まいを持った稲葉は、愛する猫を連れて、都市と半島を移動する生活を身に刻んでゆく。この体験により稲葉は、一層、光と水へ近づいていったようだ。

稲葉の作品には、「水」という言葉や場所が数多く登場する。都市の地下空間に広がる雨水貯留場を舞台背景に置く『森の時代』（一九九六）、タイトルに流れる水『母音の川』、川や海に住まう水と交歓する魚たちのイマージュが揺れる『風変わりな魚たちへの挽歌』（二〇〇三）、新聞に連載された大河小説『水霊』（出版時タイトル『環流』（二〇〇五））の中には、川の傍らに暮らす三世代の女性たち「ひな」「詩子」「かおり」の生き様が描かれ、その一人の華道教師「ひな」のことばには、「みんなどこかで水を引きずって生きているのだ」と語らせている。

そして、稲葉の最後のエッセイ集は、その名も『少し湿った場所』（二〇一四）。日本の四季を愛した稲葉の古い記憶の中には、常に「水」があった。生家の井戸の深い大地の水の匂い、住まいの傍らに流れる木曾川、子どもの頃よく遊んだいくつもの用水路、昭和三十四年、九歳の時に経験した伊勢湾台風など、水の中に閉じ込められた記憶とともに、水の存在が、意識を大きく占領していたのではないだろうか。

柔らかな、みずみずしい魂に刻まれた水の記憶を胚胎したまま、稲葉は、都市文化に花開く時代という名の異形の華、物語を次々と産み落としていった。人工の光とコンクリート、およそ水や土とは離れた場に生きながら、決して枯れない肉体に存在する「水」と呼応させるように。高度経済成長によって、華やかな文明に魅かれる人々の未知への期待と、内なる自然から離れ、そこからこぼれ落ちてしまう心の闇を、稲葉の筆は、丁寧にすくい続けたように思う。そして、故郷の水と都市の水は、稲葉の根源で緩やかにつながり、一筋の流れとなって、ついに半島という土地に流れ込む。

小説『半島へ』は、ある春、東京から半島へやって来た一人の女「私」が、二十四節気の暦に沿って、約一年の暮らしを紡いでゆく物語だ。メジロやウグイス、鳥たちのさえずりや、樹幹に広がる金色の光を浴びて迎える朝、美しい魂の休暇が始まる。「私」は、土地の人々や家族との営み、森や山、自然との交流、豊かな季節の彩りの中で、自らの人生を見つめ直す。フィクションではあるが、行間には、稲葉の実人生が色濃く滲んでいる。「二十一世紀の都会の夜の光」を愛しつつ、「原子のにおいを漂わせた夜の森も好きだ」と語る「私」は、そのまま稲葉の聲に繋がるだろう。二つの磁場を行き来しつつ、自らの根源である「水」の原初的な力に誘われ、時代の文化を担う都市の生命力と森の野性的な生命力、両方の力を享受し、眼前を流れてゆく時を見つめる中で、自らの生きる「速度」を、ずっと探し求めていたのではないだろうか。『半島へ』の中で、早逝した友にかけることばが、深く心に響いてくる。

奈々子、これでいいかな。あなたの〝生き急ぎ〟とは違う速度を、私は見つけたいの。東京のスピードとは違う、私にふさわしい速度をね。

振り返れば、『エンドレス・ワルツ』の主人公「私」（鈴木いづみ）の台詞の中にも、「速度」ということばが現れていた。

「細く長く生きても、短く太く生きても使い切ってしまえばあとは死ぬしかない。速度が問題なのよ。だれよりも早く生ききること」

稲葉は、誰よりも早く生ききる「速度」を求めていたのだろうか。すべて、生きとし生けるものは、それぞれの「速度」を持って流れゆく。流れることは、生あるものの逃れ得ない宿命である。そして、流れると同時に留まることも、私たちは知っている。なみなみと湛えられた「水」の裡にたゆたえば、「浮力だけでひとは生きていける」。母の胎内に在った頃、いや、そのさらに奥深くの遠い太古、未分化の生命にまで遡れば、あらゆる時空から自由になって、宇宙の源へと運ばれてゆく。そして、清らかな名もなきひとつの魂へと、流転していくのではなかろうか。

もういちど生まれなおして
ほんとうに生きることについて
生きた時間について
あるいはいま生きていることの喜びや
この目の豊かなスクリーンに映されているものを
ていねいに包み直して
だれかに差し出すことはできるだろうか
なにもかもを忘れていく
宿命のような人生のなかで
「いま」という　ひかりの一筋をうけとること
包み直すことは

（「金色の午後のこと」）

私たちは、確かに受け取っている。稲葉の詩のことばから、丁寧に包まれた「いま」という幸福を、かけがえのない人生の一瞬の輝きを。

そして、今ここ二十一世紀前半、東日本大震災という未曾有の事象を潜って、私たちの母語は、繕い得ぬほころびを未だ抱えたまま、時を刻んでいる。

たどりつかねばならぬのは
春の光に濡れた三月十一日　の　一秒前の世界
………中略………
いましばらく　あの駅を探さねば
どこかにあるはず　ぬくぬくとした火を点す駅は
シュポー
すべてのわたしたち
を　乗せた　見えない列車が
あの日から　日本列島を走り続けている

（「シュポー　見えない列車」）

稲葉の生誕の日は、三月八日。その三日後の震える日々を、稲葉はいくつもの詩篇に書き残した。そこには、深い哀しみと共に、柔らかな自戒が静かに波打っているように私には思える。都市文明の光を存分に受け取ってきた私たち人類の見えない列車、その列車が走る、新たなレールを築くのは、残された者たちの役割だ。辿り着かねばならぬのは、「一秒前の世界」ではなく、恐らくは、まだ見ぬ新しい創世記の一頁であるだろう。稲葉が、自らの人生を賭して求め続けた「ホントウのコト」や「美しいもの」が満ちあふれる世界、切り拓くのは、稲葉の聲を羅針とした、今ここに在る私たちの狂おしい咽喉なのだ。

震災から三年後の夏、稲葉は、煌めく満天の星のひとつとなった。空を仰げば、太古から変わらぬ豊饒な光がさんさんと降り注いでいる。暦をめくれば、今日は、立冬だ。

（二〇一八年十一月七日記）

# 虚無の音楽、その美しき〈ことだま〉――那珂太郎

那珂太郎の詩を読むこと。その行為は、日本語の古層、連綿と流れゆく、豊饒な言の葉の海に触れることだ。

戦後詩人を代表する、那珂太郎（一九二二～二〇一四）は、ことばの音楽性と叙事性、二極に振れる大きな広ごりの中で、一貫して高潔なことばの花を咲かせ続けた。初期から晩年に至るまで、詩集ごとに大きくスタイルを変え、揺るぎない詩意識に則り、独自の詩世界を切り拓いた。

防府の海軍兵学校国語科教官として終戦を迎えた五年後、那珂は、ことばを武器に詩世界へと出発する。詩集『ETUDES』（福田正次郎名義　一九五〇）には、有無を言わせぬ虚無と死の力が、作品の根底に密やかに漲っている。

光の背後につねにひろがる闇にも似て
すべての存在の根柢に虚無はひそむ

だが　ただ一点の灯を支へるのはかへって幽暗であるやうに
虚無こそが　むしろ存在に意味をあたへるのではあるまいか

（「蠟燭」）

蠟燭の炎の揺らめきを凝視する青年は、B29や艦載機が上空を飛び交う、死と隣り合わせの戦争という揺さぶりの中において、あらゆる価値観の崩壊と、生への諦念を己の内部に見ただろう。「詩作品は、直接だれにむかって書かれるのでもない。それは自らおのれを超えたところの、より大いなる無への供物とでもいふべきであらう。」（「詩論のためのノオト」26）とする詩意識は、詩人自身の本質と相まって、深く魂に刻まれ、終生、詩作品の奥底を流れてゆく。「世界」＝「無」を基盤において、やや甘美な象徴の裡に内省を含んだ行の連なりは、十五年という長い歳月を経て、那珂の詩集において最も印象深い、美しくも静謐なことばの伽藍、詩集『音楽』（一九六五）へと結実していく。

燃えるみどりのみだれるうねりの
みなみの雲の藻の髪のかなしみの
梨の実のなみだの嵐の秋のあさの
にほふ肌のはるかなハアプの痛み

の耳かざりのきらめきの水の波紋
の花びらのかさなりの遠い王朝の
夢のゆらぎの憂愁の青ざめる螢火
のうつす観念の唐草模様の錦蛇の
とぐろのとどろきのおどろきの黒
のくちびるの蒼みの罪の冷たさの
さびしさのさざなみのなぎさの蛹

（「作品A」）

白紙へと「無への供物」としての言語宇宙が花開く。「の」で繋がれた、滑らかな音韻のリズム波打ち、音が音を呼び、イメージがイメージを結んでゆく。柔らかな語の官能性に身を浸してゆく快楽に誘われる。ことばの存在自体が自律した生きものとして紙面に息づき、果てない永遠へと読み手を引き連れていく。歴史を潜って息づく、まさにことばの「音楽」が、己の魂の内奥へとなだれ込んでくるのだ。長きにわたる「音韻リズムを中心とした詩的模索」（「この三十年」）を貫く、粘り強い営為には瞠目させられる。

しかしながら、「宙宇にことばによつて幻出される無世界」の開花は、詩的方法の限界を自覚することによって緩やかに後退し、『音楽』以降、那珂は、ポエジーを外部世界へと連れ出してゆく。言葉から事柄へと。その転換の振れる域の広ごりと、方法への鋭敏な試みは、日本語の可能性を極限にまで拓いてゆく。

　くらいはてしない古代の海の底からせりあがり
　燃えあがるいくさの火焔のなかにくづれおちた
　不在のふるさとの　ふるえる風景——

は　ははそはのははの町はるかな灰のまぼろしの町
か　かげろふの　かへらぬかげのかなしみの日日
た　たまゆらの　太鼓のとほい高鳴り……
どんたく囃子よ　舁(か)き山笠の掛け聲よ
豐太閤をまつる社(やしろ)のなのみの樹の　赤い實よ
奈良屋尋常小學校の　砂場のそばのふるい肋木
藏本番(くらもとばん)　行町(ぎやうのちやう)　金文字の黑うるしの大看板
雨のはもんどおるがんの　古門戸(こもんど)町
上對馬小路(かみつましやうぢ)　中對馬小路(なかつましやうぢ)　下對馬小路(しもつましやうぢ)
夜ふけの錢湯の　番臺のおばしやんのおはぐろ

詩集『はかた』（一九七五）に収められた「はかた」は、音韻への親和と、叙事性を踏まえた多彩なスタイルを持った、故郷へのオマージュである。柔らかな音から幽玄のごとく浮かび上がる故郷「はかた」の風景、『音楽』のリズムを孕みながらも、具体的な地名や土地の記憶によって喚起される原風景を含んだ、より広やかな言語空間を生み出している。それ以後の作品においても、独特の音韻リズムのエコーを残しながらも、事象という歴史の重力、抒情を排した屹立する行のリアリティが際立ってゆく。日記という形をとった写実的スタイルの『空我山房日乗　其他』（一九八五）は、漢文訓読体で書かれ、語の響き、視覚性においても、『音楽』とは対極の文体を持っている。また、『幽明過客抄』（一九九〇）においては、西脇順三郎や鮎川信夫など、交流を持った人々へ手向けられた詩、また、影響を受けた芸術作品から喚起される詩作品を集めており、口語に拓いた平明なスタイルが多用され、ことばの伝達性の奥に在る、生の実存、その重みを実感させられる。とりわけ、同詩集のⅢ部に収められた長編詩「皇帝」、兵馬俑坑を見た感動から触発された作品は、沈黙を背後に携えた硬質なことばの煌めきが深く心に響いてくる。人間にとって「生」とは何か、存在の根源への真摯な問いが読み手へと提出される。

皇帝は現世の何物をも信じなかつた
だから彼は、現世の外に信じるものを求めた、のか

彼は死後の世界を信じた、のか
死してなほ死せざるもの、死後の永生を信じた、のか
死を越え時を超えて在る不滅のもの
地上の現世の彼方に　おのれの安息すべき永生の場
のあることを信じた、のか
いや彼は、現世の外も
つひに信じはしなかつた、だからこそ彼は
信じ、
ようと、
努め、
た、
のか、
壮大無比の地下宮殿と八千の兵馬軍團によつて
おのれの権力を永遠化し
これを誇示しようとした
始皇よ

（「皇帝」）

季刊誌「潭」に発表された長編詩「皇帝」は、後に『現代能　始皇帝』（二〇〇三年）へと再構築され、重厚な詩学として立ち上がる。舞台に木霊するコロスの聲。それらは全て、生あるものたちの祈りを纏った、詩人、独りの唇から零れ落ちた多彩な聲だ。那珂の生み出す豊饒な詩語を追っていくと、何ものをも寄せ付けないしんとした静けさ、全き沈黙へと繋がってゆく。空漠とした世界へと、純粋に立ち昇ってゆくポエジーは、発語の瞬間、消え去ってゆく。たとえ白紙に息づく文字として刻まれたとしても、夢幻の花は、その後姿のみを私たちに残して、流れゆく時の渦へと消え去っていくのだ。しかしながら、真摯にことばを追ってゆく者には、ほのかな言の香り、響きが胸の空洞へと確かに残されてゆく。

積み重ねられた、多くのページを開いては閉じる。幾重もの白紙のはためきの奥に、美しき言霊が耳に残る。『鎮魂歌』（一九九五）に収められた「音の歳時記」。「しんしん」、そう呟けば、その音の響きには、自己の裡に眠る母語への、根源的な信頼が呼び覚まされる。

しんしん　しはすの空から小止みなく　白模様のすだれ
がおりてくる　しんしん　茅葺の内部に灯（あか）りをともし
見えないものを人は見凝める　しんしんしんしんしん　それ
は時の逝く音　しんしんしんしんしん　かうして幾千年が過

ぎてゆく

（「音の歳時記　十二月　しんしん」）

幽玄の「音」を追っていくと、温かい聲の記憶にたどり着く。那珂太郎の朗読する聲を、二度聴いたことがある。一度目は、一九九六年の秋、昭和女子大学の講演会で耳にした「地球のあなた」。アンドレイ・タルコフスキーの映画「惑星ソラリス」にインスパイアされた、静かな官能性に満ちた作品。壇上からこぼれ落ちてくる聲が、映画のワンシーンを喚起させ、優しい水の音が聞こえてくるようだった。

惑星そらりす　こちらからおもひうかべると
地球のあなたがたとへやうもなくいとほしい

あなたのひんやりしたはな
あなたのかたちのよいくちびる
そのりんくわくをゆつくりゆびでなぞると
あなたのおほきなひとみはたちまちきらきらとうるんでゆく

そして、もう一つの機会、二〇〇七年六月三日、自由が丘の大塚文庫で開催された、暦程初夏の朗読フェスティバルの時間の内部で、「はかた」の一部を聲に乗せる詩人の姿を見た。静かに体を揺すり、聲を発すると、足元にはらはらと肉筆の原稿用紙が落ちていった。ことばは、儚くも散る雪、あるいは花びらのように舞い落ちていく。私は、その時、虚空に拓いていくことばの孤独な滴りを見ていた。

なみ
　なみなみ
　　なみなみなみなみなみ
くらい波くるほしい波くづほれる波
もりあがる波みもだえる波もえつきる波
われて
くだけて
さけて
ちる

聲は柔らかく、かすかな哀愁を帯び、真摯にことばを追う、その姿はこの上なく美しかった。

会場からはすすり泣く聲が密やかに波打った。窓の外には、青々とした緑、初夏の風が吹いていた。詩人は、一通り作品を読み上げた後、「もう一度読みます」と言って、再び「なみ／なみ／なみなみなみなみなみ……」と愛おしむようにその空間へと、ひとつ、ひとつ、ことばを放った。逝ってしまう時間への慈しみが、突如胸にこみ上げる。肉聲が、人の魂に刻むことばの記憶は、あらゆる万物の存在、その体に流れる血の温みを呼び覚ますようだ。打ち寄せることばの波、幾重にも連なる波頭が、私の魂の頭部をつよく打った。儚くも確かなポエジーの稲妻が私の体を貫通した瞬間だった。ただそこに、詩があった。そして、ただひとりの紛れもない真の詩人がそこに居た。

真に書くとは、書くことを索(もと)めることであり、索めることを索めることにほかならない。
……中略……ことばとあひ対して、おのれを無化すること。
ことばの音は、いはば〈ことだま〉のこだまだ。それはおそらくもっとも端的に、ことばのいのちそのものであり、伝統に培はれてきた人の遠い潜在的意識なり記憶なりをよびさまし、深奥の情緒にうったへる力をもつ。

（「詩論のためのノオト」）

無化の裡に咲くことばの花、〈ことだま〉、その息づきの根はどこにあるか。探ってゆけば、核としての詩人の態度に目が止まる。那珂太郎は、終生、詩作において歴史的仮名遣いを用いた。その思いを、こう書き記している。「戦後の、新仮名遣・当用漢字による表記法は、おびただしい日本語をころしたと思ふ。私たちは、自分たちが蓄へてきた伝統的語感と感受性の自然に反いてまで、言葉の持続するいのちを断ちきるやうな、安易な便宜主義的国語政策に、なぜ従はされねばならなかったか。………中略………自国語及び自国文化の未来のために、文学言語は新仮名遣を拒否しなければならぬ、これが、社会的有効性をもつと信じ得る、ほとんどただ一つの私の思想である」(「詩論のためのノオト 付記」)。那珂のさまざまな方法の模索と詩意識には、時代の波を潜って尚、揺らぐことのない確固とした思想があった。千数百年の歴史を持つ日本語、日本文化への敬意に根差した詩的営為、伝統という名の普遍へとまなざしを向け続けた一人の詩人、その作品から受け取るものを、私たちは、いま一度、真摯に振り返る必要があるのではないだろうか。

「時代精神と最も深い深淵で結びついている存在を詩人と呼ぶのである。」(『那珂太郎詩集』解説 高柳誠「那珂太郎の詩法」)。変幻する時代の、逃れ得ぬ宿命を背負い、ときに鋭利な波打ち際に立って、果敢にことばを紡ぎ続けた確たる詩人、那珂太郎。孤高でありながら、生への温かな体温が滲む、その人の在り方と背を凝視して、よみがえる聲を裡に響かせながら、私は再び、まっさらな頁の波へと分け入ってゆく。

# 引用・参考資料

・鳳小舟の舳先から見えるもの——与謝野晶子（一八七八〜一九四二）
与謝野晶子　神保光太郎編『与謝野晶子詩歌集』（一九六五年・白鳳社）
与謝野晶子　矢野峰人編『与謝野晶子詩歌集』（一九六五年・彌生書房）
与謝野晶子『激動の中を行く』（一九七〇年・新泉社）
鹿野政直・香内信子編集『与謝野晶子評論集』（一九八五年・岩波書店　岩波文庫）
新井豊美『近代女性詩を読む』（二〇〇〇年・思潮社）
ルネ・シャール著・西永良成編訳『ルネ・シャールの言葉』（二〇〇七年・平凡社）
石牟礼道子・藤原進也『なみだふるはな』（二〇一二年・河出書房新社）
赤坂憲雄編『鎮魂と再生　東日本大震災・東北からの声100』（二〇一二年・藤原書店）

・人類の時間、ことば、金色のウィスキーに酔う——田村隆一（一九二三〜一九九八）
田村隆一『田村隆一詩集』（一九六八年・思潮社　現代詩文庫）
田村雄一『続・田村隆一詩集』（一九九三年・思潮社　現代詩文庫）
田村雄一『続続・田村隆一詩集』（一九九三年・思潮社　現代詩文庫）
「現代詩手帖　増頁特集　田村隆一から田村隆一へ」（一九九八年十月号・思潮社）
「現代詩手帖　特集「戦後詩」の彼方へ　田村隆一をいかに超えるか」（二〇〇〇年十一月号・思潮社）

「現代詩読本―特装版　田村隆一」（二〇〇〇年・思潮社）
田村隆一『自伝から始まる70章　大切なことはすべて酒場から学んだ』（二〇〇五年・思潮社　詩の森文庫）
田村隆一『田村隆一全集　全6巻』（二〇一〇年・河出書房新社）
ねじめ正一『荒地の恋』（二〇〇七年・文藝春秋）
パブロ・ネルーダ著・吉田加南子訳／竹久野生版画『二〇〇〇年　DAS　MIL』（二〇一〇年・未知谷）
共同通信社取材班編・解説 加藤典洋『世界が日本のことを考えている　3.11後の文明を問う　17賢人のメッセージ』（二〇一二年・太郎次郎社エディタス）

・「わて」の詩（うた）――　永瀬清子（一九〇六〜一九九五）
永瀬清子『永瀬清子詩集』（一九七九年・思潮社）
永瀬清子『続　永瀬清子詩集』（一九八二年・思潮社）
永瀬清子『あけがたにくる人よ』（一九八七年・思潮社）
永瀬清子『永瀬清子詩集』（一九九〇年・思潮社　現代詩文庫）
永瀬清子『春になればうぐいすと同じに』（一九九五年・思潮社）
新井豊美『近代女性詩を読む』（二〇〇〇年・思潮社）
井坂洋子『永瀬清子』（二〇〇〇年・五柳書院）
永瀬清子『短章集　蝶のめいていい／流れる髪』（二〇〇七年・思潮社　詩の森文庫）
藤原菜穂子『永瀬清子とともに『星座の娘』から『あけがたにくる人よ』まで』（二〇一一年・思潮社）

J・L・ボルヘス著・鼓直訳『詩という仕事について』(二〇一一年・岩波書店　岩波文庫)

・拳玉少年の夢想――　吉岡実(一九一九〜一九九〇)

吉岡実『吉岡実詩集』(一九六八年・思潮社　現代詩文庫)
吉岡実『吉岡実詩集』(一九七〇年・思潮社)
吉岡実『サフラン摘み』(一九七六年・青土社)
吉岡実『夏の宴』(一九七九年・青土社)
吉岡実『吉岡実随想集「死児」という絵』(一九八〇年・筑摩書房)
吉岡実　大岡信　谷川俊太郎編『現代の詩人1　吉岡実』(一九八四年・中央公論社)
吉岡実『土方巽頌――〈日記〉と〈引用〉に依る』(一九八七年・青土社)
吉岡実『うまやはし日記』(一九九〇年・書肆山田)
現代詩読本――特装版「吉岡実」(一九九一年・思潮社)
吉岡実『続・吉岡実詩集』(一九九五年・思潮社　現代詩文庫)
吉岡実『吉岡実全詩集』(一九九六年・筑摩書房)
吉岡実『吉岡実散文抄　詩神が住まう場所』(二〇〇六年・思潮社　詩の森文庫)

・卵をわると月が出る――　左川ちか(一九一一〜一九三六)

富岡多恵子『さまざまなうた　詩人と詩』(一九八四年・文藝春秋　文春文庫)

江間章子『埋もれ詩の焔ら』（一九八五年・講談社）
ヴァージニア・ウルフ著・西崎憲編訳『ヴァージニア・ウルフ短編集』（一九九九年・筑摩書房　ちくま文庫）
新井豊美『近代女性詩を読む』（二〇〇〇年・思潮社）
左川ちか『左川ちか全詩集　新版』（二〇一〇年・森開社）
左川ちか『左川ちか飜訳詩集』（二〇一一年・森開社）
左川ちか　紫門あさを編『新編　左川ちか詩集　前奏曲』（二〇一七年・東都我刊我書房）
左川ちか　紫門あさを編『左川ちか資料集成　えでぃしおんうみのほし』（二〇一七年・東都我刊我書房）

・トンカ・ジョンの雀は赤子のそばに――北原白秋（一八八五～一九四二）

北原白秋『白秋全集　全39巻・別巻1巻』（一九八五～一九八八年・岩波書店）
藪田義雄『評伝　北原白秋』（一九七八年・玉川大学出版部）
北原白秋『フレップ・トリップ』（二〇〇七年・岩波書店　岩波文庫）

・かなしみの朝露――八木重吉（一八九八～一九二七）

田中清光『詩人 八木重吉』（一九六九年・麦書房）
吉野登美子『琴はしずかに　八木重吉の妻として』（一九七六年・彌生書房）
八木重吉『八木重吉詩集』（一九八八年・思潮社　現代詩文庫）

八木重吉『八木重吉全集 全3巻　別巻1巻』（一九八二年・二〇〇〇年・筑摩書房）
八木重吉記念館（http://www.jukichi-yagi.org）

・むんむんする青いメロン、●（まんまる）が熟すとき。――　草野心平（一九〇三〜一九八八）

草野心平『第四の蛙』（一九六四年・無限）
日本詩人全集24『金子光晴　草野心平』（一九六七年・新潮社）
草野心平『草野心平詩全景』（一九七三年・筑摩書房）
草野心平『凹凸』（一九七四年・筑摩書房）
草野心平『全天』（一九七五年・筑摩書房）
橋本千代吉『火の車板前帖』（一九七六年・文化出版局）
草野心平『植物も動物』（一九七六年・筑摩書房）
草野心平『原音』（一九七七年・筑摩書房）
草野心平『乾坤』（一九七九年・筑摩書房）
草野心平『雲氣』（一九八〇年・筑摩書房）
草野心平『玄玄』（一九八一年・筑摩書房）
草野心平『草野心平詩集』（一九八一年・思潮社　現代詩文庫）
草野心平『草野心平全集　全12巻』（一九七八〜一九八四年・筑摩書房）
草野心平『幻象』（一九八二年・筑摩書房）

草野心平『未來』（一九八三年・筑摩書房）
草野心平『玄天』（一九八四年・筑摩書房）
草野心平『幻景』（一九八五年・筑摩書房）
草野心平『絲綢之路　シルクロード詩篇』（一九八五年・思潮社）
草野心平『自問他問』（一九八六年・筑摩書房）
「現代詩読本—特装版　草野心平」（一九八九年・思潮社）

・若葉とおっとせい——　金子光晴（一八九五〜一九七五）
日本詩人全集24『金子光晴　草野心平』（一九六七年・新潮社）
金子光晴『金子光晴全集　全15巻』（一九七六年・中央公論社）
金子光晴『金子光晴詩集』（一九九一年・岩波書店　岩波文庫）
新潮日本文学アルバム『金子光晴』（一九九四年・新潮社）

・火星からやって来た男——　小熊秀雄（一九〇一〜一九四〇）
小田切秀雄・木島始編『小熊秀雄研究』（一九八〇年・創樹社）
小熊秀雄『小熊秀雄詩集』（一九八二年・岩波書店　岩波文庫）
小熊秀雄『小熊秀雄全集　全5巻』（一九九〇年・創樹社）
小川恵以子『詩人とその妻　小熊秀雄とつね子』（一九九三年・創樹社）

・レモン色の車輪に乗る、薔薇の人——　多田智満子（一九三〇〜二〇〇三）

多田智満子『贋の年代記』（一九七一年・山梨シルクセンター出版部）
多田智満子『多田智満子詩集』（一九七二年・思潮社　現代詩文庫）
多田智満子『古寺の甍』（一九七七年・河出書房新社）
多田智満子『花の神話学』（一九八四年・白水社）
多田智満子『夢の神話学』（一九八九年・第三文明社）
ユルスナール著・多田智満子訳『火　散文詩風短篇集』（一九九二年・白水社）
多田智満子『鏡のテオーリア』（一九九三年・筑摩書房　ちくま学芸文庫）
多田智満子『定本　多田智満子詩集』（一九九四年・砂子屋書房）
多田智満子『神々の指紋　ギリシア神話逍遙』（一九九四年・平凡社　平凡社ライブラリー）
多田智満子『魂の形について』（一九九六年・白水社　白水Uブックス）
多田智満子『森の世界爺—樹へのまなざし』（一九九七年・人文書院）
多田智満子『川のほとりに』（一九九八年・書肆山田）
多田智満子『動物の宇宙誌』（二〇〇〇年・青土社）
多田智満子『十五歳の桃源郷』（二〇〇〇年・人文書院）
多田智満子『長い川のある國』（二〇〇〇年・書肆山田）
多田智満子『字遊自在ことばめくり』（二〇〇〇年・河出書房新社）

多田智満子『犬隠しの庭』（二〇〇二年・平凡社）
多田智満子『封を切ると』（二〇〇四年・書肆山田）

※一九九七年に兵庫県神戸市須磨区で発生した連続児童殺傷事件。

・都市から半島へ――稲葉真弓（一九五〇〜二〇一四）
稲葉真弓『ホテル・ザンビア』（一九八一年・作品社）
稲葉真弓詩集『ほろびの音』（一九八二年・七月堂）
稲葉真弓『琥珀の町』（一九九一年・河出書房新社）
稲葉真弓詩集『夜明けの桃』（一九九一年・河出書房新社）
稲葉真弓『エンドレス・ワルツ』（一九九二年・河出書房新社）
稲葉真弓『抱かれる』（一九九三年・河出書房新社）
稲葉真弓『声の娼婦』（一九九五年・講談社）
稲葉真弓『月よりも遠い場所 私のMovie Paradise』（一九九五年・河出書房新社）
稲葉真弓『森の時代』（一九九六年・朝日新聞社）
稲葉真弓『ガラスの愛』（一九九七年・河出書房新社）
稲葉真弓『水の中のザクロ』（一九九九年・講談社）
稲葉真弓『ミーのいない朝』（一九九九年・河出書房新社）

稲葉真弓『ガーデン・ガーデン』(二〇〇〇年・講談社)
稲葉真弓詩集『母音の川』(二〇〇二年・思潮社)
稲葉真弓『花響』(二〇〇二年・平凡社)
稲葉真弓『午後の密箱』(二〇〇三年・講談社)
稲葉真弓『風変りな魚たちへの挽歌』(二〇〇三年・河出書房新社)
稲葉真弓『私がそこに還るまで』(二〇〇四年・新潮社)
稲葉真弓『環流』(二〇〇五年・講談社)
稲葉真弓　童話『さよならのポスト』(二〇〇五年・平凡社)
稲葉真弓『藍の満干 色のあるファンタジー』(二〇〇八年・ピラールプレス)
稲葉真弓『海松』(二〇〇九年・新潮社)
稲葉真弓『半島へ』(二〇一一年・講談社)
稲葉真弓『唇に小さな春を』(二〇一二年・小学館)
稲葉真弓詩集『連作・志摩　ひかりへの旅』(二〇一四年・港の人)
稲葉真弓『少し湿った場所』(二〇一四年・幻戯書房)
稲葉真弓詩集『心のてのひらに』(二〇一五年・港の人)
稲葉真弓『月兎耳の家』(二〇一六年・河出書房新社)

・虚無の音楽、その美しき〈ことだま〉——那珂太郎（一九二二〜二〇一四）

那珂太郎『音楽』（一九六五年・思潮社）
那珂太郎『那珂太郎詩集』（一九六九年・思潮社　現代詩文庫）
那珂太郎『はかた』（一九七五年・青土社）
那珂太郎『空我山房日乗　其他』（一九八五年・青土社）
那珂太郎『幽明過客抄』（一九九〇年・思潮社）
那珂太郎『鎮魂歌』（一九九五年・思潮社）
那珂太郎『続・那珂太郎詩集』（一九九六年・思潮社　現代詩文庫）
那珂太郎『那珂太郎詩集』（二〇〇二年・芸林書房　芸林21世紀文庫）
那珂太郎『現代能　始皇帝』（二〇〇三年・思潮社）
那珂太郎『宙・有　その音』（二〇一四年・花神社）
那珂太郎『那珂太郎　はかた随筆集』（二〇一五年・福岡市文学館　海鳥社）
高柳誠『詩論のための試論』（二〇一六年・玉川大学出版部）

# 後記

本書は、池田康氏編集・発行の詩誌、詩と音楽のための「洪水」（第十号／二〇一二年七月〜第二十号／二〇一七年七月・洪水企画）に連載させて頂いたエッセイに加筆修正をし、聲の記憶を持つ二人の詩人、稲葉真弓氏、那珂太郎氏の章を加えて、一冊とした。

稲葉真弓論については、稲葉真弓選詩集『さようなら は、やめときましょう』（「詩人の聲叢書」第六巻・響文社）後記解説として一部抜粋、改訂をし、掲載させて頂いた。

「洪水」連載当初は、東日本大震災という事象の強い衝撃を受け、時事的な要素を含んだものであったが、しだいに、原初的な詩人論へと傾いていった。時代を超えてゆく詩の力、詩人という存在の在り方へと関心が移っていったことによる。

原稿をまとめ、出版を検討し始めていた二〇二〇年、年明けから春、コロナ禍という未曾有の現実が世界を襲った。自然と人間の在り方、ことばと時代の関係性を、再び見つめ直す必要性を感じ、論考へ新たな手を加えることとなった。いまだ明けぬ災禍を凝視しながら、改めて、普遍性を持つことばの力とは何か、考え続けている。

最後に、五年という長い期間にわたり、発表の場を与えて下さった、池田康氏に深く感謝致します。また、稲葉真弓論については、天童大人氏に様々なアドバイスを頂きました。記して感謝申し上げます。そして、出版にあたりましては、七月堂代表、知念明子様に、より良き出版への舵をとって頂きました。心よりお礼を申し上げます。ありがとうございました。

十三人の詩人たちの詩と人生は、私自身の詩を書き続ける日々を支え続けてくれました。暦に刻まれた詩の光が、明日の頁を切り拓く、ひとつひとつの新しい手を、照らし続けることを願っています。

二〇二一年七月

神泉　薫

神泉　薫（しんせん　かおる）

一九七一年茨城県生まれ。

中村恵美（なかむら　めぐみ）筆名による著書に
詩集『火よ！』（二〇〇二年・書肆山田／第八回中原中也賞）
英訳詩集『Flame』（二〇〇四年・山口市）
詩集『十字路』（二〇〇五年・書肆山田）
神泉薫（しんせん　かおる）筆名による著書に
詩集『あおい、母』（二〇一二年・書肆山田／平成二十四年度茨城文学賞）
詩集『白であるから』（二〇一九年・七月堂）
絵本『ふわふわ　ふー』（絵　三溝美知子／「こどものとも　〇・一・二・」二〇一四年五月号
　福音館書店）
絵本『てのひらいっぱい　あったらいいな』（絵　網中いづる／「こどものとも　年少版」二〇二〇年

一月号　福音館書店）

編著　稲葉真弓選詩集『さようなら　は、やめときましょう』（「詩人の聲叢書」第六巻

編集　天童大人・神泉薫／二〇一九年・響文社）

ラジオパーソナリティー

調布ＦＭ「神泉薫のことばの扉」（二〇一七年七月〜二〇一八年六月）

調布ＦＭ「VOEME！現代の詩の聲とコトバを聴く VOEME」（二〇一八年七月〜二〇一九年六月）

調布ＦＭ「神泉薫 Semaison 言葉の庭へ」（二〇一九年十月〜二〇二〇年九月）

現住所＝二五二―〇三二四　神奈川県相模原市南区南台二―一―三十二―八一〇

ホームページ https://www.shinsenkaoru.com/

十三人の詩徒

発　行　二〇二一年八月二十七日

著　者　神泉　薫

発行者　知念　明子

発行所　七　月　堂

東京都世田谷区松原二―二六―六―一〇三

電　話〇三（三三二五）五七一七

ＦＡＸ〇三（三三二五）五七三一



印　刷　タイヨー美術印刷

製　本　あいずみ製本

ISBN 978-4-87944-457-8 C0095